QUARTO ABERTO

TOBIAS CARVALHO

Quarto aberto

Companhia Das Letras

Copyright © 2023 by Tobias Carvalho

Grafia atualizada segundo o Acordo Ortográfico da Língua Portuguesa de 1990, que entrou em vigor no Brasil em 2009.

Capa e ilustração de capa
Amanda Dias

Preparação
Ciça Caropreso

Revisão
Luís Eduardo Gonçalves
Paula Queiroz

Os personagens e as situações desta obra são reais apenas no universo da ficção; não se referem a pessoas e fatos concretos, e não emitem opinião sobre eles.

Dados Internacionais de Catalogação na Publicação (CIP)
(Câmara Brasileira do Livro, SP, Brasil)

Carvalho, Tobias
   Quarto aberto / Tobias Carvalho. — 1ª ed. — São Paulo:
Companhia das Letras, 2023.

   ISBN 978-85-359-3454-0

   1. Ficção brasileira I. Título.

23-152976   CDD-B869.3

Índice para catálogo sistemático:
1. Ficção : Literatura brasileira   B869.3

Aline Graziele Benitez – Bibliotecária – CRB-1/3129

Todos os direitos desta edição reservados à
EDITORA SCHWARCZ S.A.
Rua Bandeira Paulista, 702, cj. 32
04532-002 — São Paulo — SP
Telefone: (11) 3707-3500
www.companhiadasletras.com.br
www.blogdacompanhia.com.br
facebook.com/companhiadasletras
instagram.com/companhiadasletras
twitter.com/cialetras

QUARTO ABERTO

1.

Ele curtiu uma foto que eu tinha postado fazia muito tempo. Eu sabia o que aquilo significava. Retribuí o gesto. Alguns minutos depois, recebi a mensagem:

Sdd de transar contigo.

Eram sete e meia da noite de uma terça-feira. Eu tinha chegado do trabalho e estava atirado no sofá da sala com o celular na mão. Me ocorreu que ele podia estar bêbado. Era estranho ele me chamar, assim, do nada; fazia cinco anos que a gente não se via. Eu respondi:

Haha sério? Não tava esperando por essa hoje. Eu tb. Boas lembranças.

Perguntei se o relacionamento dele era aberto e ele respondeu que sim. De vez em quando eu via fotos do Eric com o namorado passando pelo meu feed. Ele tinha um cabelo fino e preto, e o namorado era loiro e ostentava um sorriso hipnótico.

Ele disse por mensagem que morava perto de mim. O problema era que o Caíque — o meu namorado — ia chegar em menos de uma hora. Eric também não podia me receber em casa; isso ia contra o acordo que ele tinha com o namorado dele.

Como fazemos entao?, eu mandei.

Eu que te pergunto, ele respondeu. *Queria te ver. To de carro.*

Dei o meu endereço e fui me arrumar. Passei desodorante e perfume, botei uma roupa de frio, escovei os dentes. Chequei o celular. Tinha uma mensagem do Eric. Ele ia chegar em dois minutos.

Um carro esporte me esperava na frente do prédio quando desci. Entrei pela porta do carona e os olhos do Eric se iluminaram. Ele não estava muito diferente de como eu lembrava, só que agora tinha uma barba discreta e estava mais encorpado — eu já tinha notado isso pelas redes sociais, mas era diferente ver ao vivo. Ele usava uma jaqueta jeans com um pelego por dentro, calça também jeans e camiseta preta de gola V. Ele me deu um beijo e disse, 'Quanto tempo'.

'É', eu disse. 'Faz um tempo.'

Nos últimos anos o nosso contato tinha se limitado a comentários e curtidas. A interação virtual era, no máximo, amigável. Agora eu estava no carro dele.

'Certeza que na tua casa não dá?', ele perguntou.

'Absoluta.'

'Tu quer ir, tipo, pra um motel? A gente divide?'

'Pode ser', eu disse. 'Tu bebeu?'

'Um pouco. Tava tomando vinho com uns amigos. Mas tô tranquilo pra dirigir.'

'Beleza.'

A gente nem tinha saído da minha rua quando me lembrei da pracinha a umas três quadras dali que sempre ficava vazia de noite. Mandei ele pegar uma rua na contramão. Fazia um frio úmido na cidade; era inverno. Eric estacionou num canto da praça, atrás de um contêiner de lixo, em frente a um terreno em obras. Na praça, só se viam as sombras das árvores; nenhum sinal de movimento.

'A gente fica aqui mesmo?', ele perguntou.

'Se tu não te importar.'

'Tu já transou dentro de um carro?'

'Hm — não.'

Com a chave ainda na ignição, o Eric desceu e abriu uma das portas traseiras, pra botar na cachorreira os livros de medicina que estavam jogados no chão do carro. Depois entrou e me puxou pra trás. Passei o pé por cima do freio de mão e me sentei do lado dele. Era um carro espaçoso, com vidro esfumaçado, bancos de couro e cheiro de novo. Eric sorriu e tirou o meu casaco, o blusão e a camiseta, abriu o zíper da minha calça e disse, 'Foda-se o motel'.

Cinco anos antes ele não era tão confiante, não falaria uma frase assim — feroz, curta.

Mesmo tendo topado sair com ele, eu estava nervoso, mas fiz o que pude pra não deixar isso transparecer. Em pouco tempo eu já suava e sentia os meus músculos chiando. Eric me deu um beijo cheio de baba; parecia que ele acumulava saliva no fundo da boca pra me dar um beijo molhado. Minha mente estava em outro lugar quando ele me chupou. Era uma situação estranha — encontrar o Eric depois de tantos anos. Poucos minutos antes eu estava tranquilo em casa, tomando um chá de camomila por causa do frio, prestes a assistir a qualquer merda que me distraísse. Foi só um menino que eu não via fazia cinco anos me mandar uma mensagem e lá fui eu ficar pelado no banco de trás do carro dele. Era meio ridículo, e eu só conseguia pensar nisso, em vez de realmente curtir a foda. Dei pra ele e ele logo disse que ia gozar, que não ia conseguir se conter. Eu sabia que eu ia demorar muito pra gozar, se gozasse. Eu precisava estar mais tranquilo pra conseguir.

Os vidros do carro se embaçaram, e de repente o nosso barulho virou um silêncio frio. Eric respirou fundo.

'Tu não vai gozar?'

'Eu tô bem.'

'Sério? Não, eu quero que tu goze.'

'Eu tô bem, eu tô bem.'

'Sério mesmo?'

'Sério.'

'Tá bom, então.'

Nos sentamos com as pernas enroscadas. Eric sorriu e disse de novo que fazia tempo desde a última vez. Falou só pra preencher o silêncio, jogando pro lado uma mecha de cabelo macio, hidratado. Talvez ele quisesse dizer que existia uma cumplicidade entre a gente. Em algum momento, durante o sexo, eu tinha notado que o cheiro dele ainda era familiar pra mim.

'Tu continua igual numas coisas', eu disse.

'E em outras não?'

'Tu parece menos tímido. Mas ao mesmo tempo continua igual.'

Eric fez uma careta.

'Eu ainda tava me descobrindo naquela época', ele disse. 'Guri do interior, e tal.'

'Depois tu te achou com teu namorado, né? Há quanto tempo cês tão juntos?'

'Cinco anos.'

'Ah. Começou mais ou menos na época em que a gente se conheceu?'

'Logo depois.'

'Isso é —' Comecei a frase sem saber aonde eu queria chegar. 'Não sei. Louco.'

'Mas muita coisa mudou de lá pra cá. Tu sabe como é. Tu também tá namorando faz tempo, não tá?'

'Dois anos e pouco. É o meu primeiro namoro.'

'Ele sabe que tu tá aqui?'

'Não. Mas a gente pode sair com outras pessoas. É tranquilo.'

Botei a cueca, meio consciente de estar pelado. Eric estava só de camiseta. Lembrei que cinco anos antes ele só transava de camiseta. Falei isso pra ele.

'É mesmo', ele disse. 'Coisa de guri gordinho. Mas hoje é só porque tá frio mesmo.'

'Ah, bom. Nem sei por que eu falei isso.'

'Relaxa.'

Eric me olhou com curiosidade.

'Tu deve ter ficado surpreso, eu te chamar do nada pra sair.'

'Ah. Um pouco.'

'Na verdade eu tenho um combinado com o Antônio — não transar com quem a gente já transou alguma vez. Só pode gente nova. Mas tu, tudo bem, faz um tempão que eu te conheci. Já dá pra dizer que prescreveu. E na época foram o quê — umas três, quatro vezes?'

'*Três*, quatro vezes? Sério?'

'Que que tem?'

'Foram no mínimo umas seis.'

'Tudo isso?'

'Por baixo.'

'Jura?'

'Meus amigos te conhecem como a foda fixa de Camaquã.'

'O quê?', ele disse, rindo. 'Nossa. É, pode ser.'

Vesti a roupa. Volta e meia passava um carro, mas na praça não tinha ninguém.

'Olha', ele disse. 'Eu te devo desculpas por aquela época.'

'Pelo quê?'

'Lembra que eu parei de te responder?'

'Tu me bloqueou, na verdade.'

'É que tu queria me adicionar.'

'E daí?'

'Eu era meio cuzão. Eu não era, ã, desimpedido que nem

tu. E eu entrei em pânico quando tu me adicionou. Achei que iam ver que tu era gay e achar que eu também era, ou que tu ia comentar em alguma foto minha — nem sei o que eu pensei na época, eu era muito piá. Eu pirava que todo mundo em Camaquã ia ficar sabendo. E todo mundo soube, né. Quando eu conheci o Antônio.'

'Capaz, tudo bem. Por mim prescreveu mesmo.'

'Eu gostava de ficar contigo. Daí me bateu uma saudade. E, tá, eu queria dizer isso.'

'Tudo bem', eu disse. 'Eu também curtia ficar contigo.'

Ele ficou sem falar nada por um tempo e botou a mão na minha cabeça e bagunçou o meu cabelo. Depois mudou de assunto sem muito jeito, perguntando como eu conseguia pagar as contas fazendo drag, como eu tinha coragem de me apresentar de peruca e batom.

'Tu é tão tranquilo. Quem te vê assim nunca imagina que tu é drag', ele disse, pra preencher o silêncio ou demonstrar interesse — eu não sabia qual dos dois. Eu já tinha ouvido aquilo de outras pessoas.

Eric me deixou em casa, e eu recém tinha fechado a porta do carro quando me dei conta de que ele não tinha mais nenhum rastro do sotaque do interior.

2.

Entrei no apartamento e encontrei as luzes acesas e a sala que eu tinha deixado bagunçada — uma peruca e uns sapatos jogados no chão. Enchi um copo com água da torneira e senti o gosto metálico na língua. O apê tinha uma cozinha americana e uma sala comprida (de um lado um sofá e do outro lado um rack e a penteadeira onde eu me maquiava, e uma janela no fundo). Fora isso, o nosso quarto com a cama no meio, uma janela de um lado e um banheiro do outro, todo de azulejos cor de caju e com uma pia marrom.

Assobiei pra anunciar que eu tinha chegado. Caíque respondeu, 'Fala, gurizinho', e apareceu de moletom e samba-canção, banho tomado, celular perto do rosto, a luz refletida nos óculos. Ele era alto e parrudo, tinha pele negra e cabelo crespo, e usava um afro discreto, como ele mesmo dizia.

'Tudo bem contigo?', ele disse, largando o celular no balcão.

'Tudo, sim. Fiquei tomando ceva com a Sabrina depois do trabalho.'

'Ah, que beleza. E tu já comeu?'

'Pior que não.'

'Vamo fazer um rango?'

'Vamo. Vou tomar um banho antes, tá?'

'Vai lá.'

Fiquei com medo de estar com o cheiro do Eric, e fui pro banheiro desviando do Caíque. Deixei a água numa pressão baixa, pra esquentar bem, e foquei ensaboar o peito e o pescoço. Me apurei no banho por causa do frio. Me sequei dentro do boxe e pus uma calça de pijama e um blusão. Caíque picava uma cebola quando voltei pra cozinha. Ele tinha separado molho de tomate e uma linguiça que estava na geladeira.

'Vai fazendo um arrozinho?'

'Vou.' Botei água pra ferver e peguei o arroz na despensa. 'E tu? Teve a palestra hoje?'

'Bah, tu não tem noção. Foi muito escroto.'

'Por quê?'

'Ah, eu engulo bem as enrolaçada corporativa, os desenvolvimento pessoal — até porque sem isso, também, é difícil acordar cedo. Beleza, eu tomo as minhas três xícaras de café e encaro de boas. Mas hoje chamaram um cara que, sério, parecia que tinha tomado umas vinte. Não parava de sorrir um minuto. Todo engomadinho, cabelo espetado com gel. E ele falava umas frases de efeito, coitado, tipo, "Acredita no teu poder vital".'

'Putz.'

'Parecia que ele queria *vender* uma coisa pra gente. E queria, né. Vender a ideia de que a gente era uma família. Que todo mundo tinha o mesmo objetivo. E o pior era que os meus colegas tavam curtindo. Os caras balançavam a cabeça pra cima e pra baixo como se tivessem num culto.'

'Tu fingiu que tava curtindo também?'

'Ah. Não. Não consegui. Eu fiquei quieto e esperei acabar. Mas tá tranquilo. O meu chefe sabe que eu trabalho bem, e é isso que importa. E pelo menos dá pra vir pra casa depois e comer um rango com o meu guri.'

'É verdade', eu disse, sorrindo sem os dentes. Pus o arroz pra fritar.

Caíque esquentou uma panela com óleo no fogão e jogou a cebola picada.

'E tava bom com a Sabrina?', ele perguntou.

'Tava, tava', eu respondi.

'Louquinha, né, como sempre.'

'Aham.'

'Ela segue com aquele cara?'

'Qual?'

'O que vende muamba.'

'Não. Ih, esse faz tempo.'

A gente botou uma música e seguiu conversando.

Caíque tinha o dom de fazer qualquer prato simples ficar gostoso. Ele jogou a linguiça na panela com a cebola frita, pôs alho, o molho de tomate, depois cominho, pimenta, tomilho. No fim misturamos o arroz e comemos no balcão da cozinha.

Depois a gente lavou a louça e foi se deitar. Caíque largou o celular na mesa de cabeceira e logo começou a respirar pesado. Fechei os olhos e a minha mente foi direto pra sensação quente da pele do Eric. Demorei pra pegar no sono.

Passei o dia seguinte pensando nele. Por que esse guri tinha que dar as caras depois de tantos anos?

Uma semana depois, recebi uma mensagem do Eric perguntando o que eu estava fazendo. A gente vinha trocando mensagens desde a transa no carro, mas sem falar de se encontrar de novo. Eram oito da manhã de uma segunda-feira. Caíque tinha acabado de sair pro trabalho e eu ainda rolava de um lado pro outro na cama, juntando forças pra começar o dia. A melancolia de domingo tinha se transportado pra segunda.

Respondi à mensagem dizendo que em duas horas eu tinha que estar no trabalho.

Ele mandou, *Quer vir aqui em casa?*

Eu respondi, *Ué, achei que tu não podia receber ninguém aí.*

É. Por essa lógica eu também não podia ter te encontrado.

Certo, eu mandei.

Por um momento me perguntei se eu realmente queria fazer aquilo. Fiquei com a sensação de que depois eu teria que lidar com as consequências da minha escolha. Então tomei um banho correndo, me vesti e saí de casa.

Eric tinha me passado o endereço de um prédio pequeno, moderno e limpo do Bom Fim, bem menor do que o condomínio em que ele morava antes. Toquei o interfone e, depois de dois toques, ouvi a voz dele. Eric abriu a porta do apartamento só de camiseta e cueca, um déjà-vu instantâneo.

'E aí', ele disse.

Eric me deu um beijo e me puxou direto pro quarto. Tive tempo de ver o piso de madeira novinho do apartamento, as plantas espalhadas pela sala, a TV enorme, o quarto limpo e iluminado por uma meia-luz quente. Eric tinha uma escrivaninha bagunçada e uma parede coberta por um quadro de pintura abstrata, com tinta vermelha e preta e muito espaço em branco. Tentei encaixar aquela informação no perfil que eu imaginava pra ele.

Eric tirou os meus tênis e as minhas meias e depois o resto da roupa, e passou um tempo beijando o meu corpo. Eu estava pelado, e o Eric continuava de cueca e camiseta. Ele lambeu a parte de dentro das minhas coxas, a lateral da minha barriga, o meu sovaco. Fechei os olhos e fui aos poucos envolvido em baba. Eric soltava uma quantidade anormal de baba, tipo um cachorro gordo e com calor. Ele começou a me chupar sem nenhum problema de atrito, só flutuando pra cima e pra baixo pelo meu pau. Ele escutava os meus gemidos e aumentava a velocidade ou então parava pra lamber as minhas bolas ou a minha bunda. Em alguns momentos o prazer era tão ridículo que parecia dor, ou cócegas, ou frio no corpo. Quando chegou a minha vez de chupar o Eric, eu simplesmente não sabia como retribuir à altura. Arranquei a cueca e a camiseta dele e tentei dar umas cuspidas pra que a minha boca também pudesse deslizar mais fácil, mas não queria que parecesse que eu estava só copiando ele. Eu queria calcular a fórmula certeira pro sexo perfeito; ao mesmo tempo, só queria me deixar levar.

Fiquei alternando entre esses dois métodos, até que ele disse, quando eu estava de bruços, 'Que bundão gostoso que tu tem'. Era bem o que eu queria ouvir: uma declaração doce, sincera. Então ele disse que queria me comer, e eu disse que sim, e depois ele disse que queria dar pra mim, e eu disse que sim também. Ele tinha um peixinho tatuado nas costas. A gente gozou juntos dessa vez.

Olhei no relógio da mesa de cabeceira: tinha se passado meia hora desde que eu tinha chegado. Deitei com a cabeça no bolo de travesseiros, e o Eric deitou no meu braço.

'Ei', ele disse. 'Bom demais isso aqui, né?'

Ouvir aquilo em voz alta me desorientou. Eu já estava pronto pra uma próxima. Eu disse, 'Aham. A gente pode repetir'.

Eric suspirou e alongou as pernas.

'Eu não posso.'

'Por quê?'

'Por causa do combinado com o Antônio.'

Soltei um riso pelo nariz. 'De novo essa história?' Notei que eu tinha engrossado a voz pra fazer esse comentário, saindo do tom murmurado que as pessoas usam na hora de transar. Tentei baixar o volume. 'Quer dizer, faz como tu quiser. Escolhe aí as regras pra quebrar.'

Ele se levantou e pegou as nossas roupas no chão. Vesti a cueca e voltamos pra posição de antes.

'E o que tu acha do seguinte', ele disse. 'E se na próxima vez — só supondo, assim — o meu namorado tiver junto?'

'Não.'

'Ia ser gostoso.'

'Eu achei que o teu namorado nem podia saber que tu tá me vendo.'

'Ele não precisa saber', o Eric disse, coçando o cavanhaque. 'Eu posso inventar que eu recém te conheci.'

'Ele não sabe quem eu sou?', eu perguntei, um pouco ofendido.

'Não faz ideia. Mas não tem problema.'

'Bah, acho melhor não. Eu não vou saber fingir.'

Ele coçou a testa e fechou os olhos, deixando escapar o fôlego.

Na verdade, pelo que eu via nas fotos, eu achava o namorado dele uma delícia. Eric tinha uma beleza delicada, talvez não o que todo mundo acharia bonito. Já o namorado era indiscutivelmente lindo, padrãozinho de uma maneira não agressiva, um Hércules em miniatura com um peitão de chester e um sorriso que parecia recém-libertado de um aparelho ortodôntico, recém-saído do branqueamento. Muitas vezes imaginei que as pessoas pensavam o mesmo de mim e do Caíque: que o Caíque namorava um guri bem menos bonito que ele. Eu volta e meia raspava as sobrancelhas, tirava os pelos pra fazer drag. Talvez os outros achassem que eu devia ser muito interessante pra poder estar com um cara que nem o Caíque. Me perguntei se o Eric sentia a mesma coisa em relação ao Antônio.

Por um momento imaginei os quatro numa cama, decidindo quem ia fazer o quê. Quatro paus, eu pensei; não tinha como dar certo. Deus criou o homem e o homem — as escrituras eram bem claras. Além do mais, eu nunca ia conseguir relaxar.

O celular do Eric começou a tocar. Ele silenciou o toque e disse, 'Depois eu atendo'.

Eric foi pra cozinha, e eu fui atrás. Ele serviu um copo d'água pra mim, sem que eu tivesse pedido. 'Bom, por enquanto, vamo nos falando', ele disse.

Depois de três dias sem notícias, acordei e chequei o celular, como eu sempre fazia, e notei que tinha uma mensagem de um certo Antônio. Ainda sonolento, demorei um pouco pra entender: era o namorado do Eric.

Oi, cara, tudo bem? por favor, não comenta com o eric que tô falando contigo. queria esclarecer umas coisas.

A mensagem funcionou como um despertador a todo volume, me sacudindo pra fora da cama.

Caíque já tinha saído de casa, e o meu trabalho só começaria no meio da manhã. Sentei na cama com o coração batendo rápido.

O namorado do Eric tinha ficado sabendo que a gente estava saindo e agora queria me peitar. Só podia ser isso.

Eu tinha feito alguma coisa errada? Era moralmente questionável ser *o outro*? Eu queria pensar que não. Eu tinha saído com um cara comprometido, só isso.

O combinado, afinal, era entre os dois. Se teve traição, foi do Eric.

Mas, claro, também não era a melhor das atitudes sair com um guri que estava enganando o namorado. Eric não tinha escondido nada de mim: eu sabia que ele estava quebrando regras. Talvez o namoro estivesse passando por algum tipo de crise, mas eu não tinha nada a ver com isso.

Lavei o rosto no banheiro e bebi água da torneira. Fui pra cozinha, peguei um iogurte natural e me sentei em frente ao balcão.

Eu precisava manter a pose de simpático e civilizado, dizendo educadamente que eu não tinha nada a ver com a história, como os adultos faziam.

Oi, e aí?, eu mandei. *Sim, claro, pode falar.*

Que bom, o Antônio respondeu, duas colheradas no meu iogurte depois. Então mandou um texto mais longo, provavelmente já pronto. *Antes de mais nada, quero dizer que vim na paz. sei que não devia te envolver nisso, mas vi o celular dele e as mensagens de vocês essa semana. sei quando o eric mente pra mim. queria só confirmar contigo, porque tenho medo que ele minta de novo se eu perguntar. vai ficar tudo na boa entre a gente, a nossa relação é bem forte. só quero entender por que ele passou por cima do nosso acordo.*

Caminhei de um lado pro outro na sala e me sentei no sofá, checando as últimas mensagens trocadas com o Eric: eu perguntava se ele tinha camisinha, e como ele dizia que não, eu combinava de comprar um pacote num posto de gasolina no caminho. Não devia ter sido muito agradável pro Antônio ler isso no celular do namorado.

Cara, te entendo, eu disse, *mas não quero me envolver na relação de vocês. acho que tu deveria falar com o eric.*

Ensaiei algumas mensagens pra mandar, e acabei mandando, *Espero que fique tudo bem.*

Antônio mandou mais um texto:

Nao to invocado contigo, tu não tem nada a ver com a história. to triste só. a gente tava numa fase boa, me pegou de surpresa, sabe. não tive tempo de ler todas as mensagens, mas deu pra ver que vocês se viram outro dia também. enfim, é só isso, queria que tu me dissesse se vcs se viram mais de uma vez, ou quando vcs se conheceram. se puder, claro.

Enquanto eu pensava no que responder, ele mandou, *Relaxa, vai ficar tudo bem. não precisa te sentir culpado. e desculpa por tudo isso.*

Eu só dei uma curtida nessa última mensagem e não respondi mais nada.

Algumas horas depois, tentei abrir de novo a conversa e vi que o Antônio tinha me bloqueado. Tentei mandar uma mensagem pro Eric e descobri que ele também.

3.

Vários meses depois, eu tinha uma performance no Workroom. Eu estava no camarim com a Nala — ou Raí —, a minha melhor amiga entre as queens locais, se não a única. Eu usava um vestido branco com estrelas de papel-alumínio que eu tinha colado. Eu ia dublar Elis Regina, e por isso pus uma peruca de cabelo curto — uma decisão acertada, naquele calor. Nala vestia uma jaqueta branca e uma peruca loira com quepe: ela era a Xuxa. Imitar outros artistas não era tão fácil como parecia. Se tu não conhece bem o objeto da imitação, o show pode ser desastroso. Por outro lado, se dá certo, o público costuma curtir.

Quando chamaram o meu nome, as pessoas aplaudiram e eu subi no palco sem sorrir. Começou a tocar 'Como nossos pais'. Era a música preferida da minha mãe, e eu já tinha performado ela na frente do espelho, mas nunca em público. Era sempre um risco apostar numa música emocionante e não tão animada, mas eu achava que podia valer a pena, e memorizei os trejeitos da Elis no vídeo mais conhecido.

A música crescia, tipo um vento que vira um furacão, e eu aproveitei essa troca de intensidade. Dei uma exagerada nos movimentos dos braços, interagi com umas gurias na mesa da frente, que cantavam junto, e cheguei no fim da música abrindo bastante a boca, mas com uma performance limpa, sem grandes truques, só eu e o microfone desligado. Todo mundo prestava atenção, inclusive o pessoal dos drinks e o dono do bar, que estava no caixa. Dois meses antes eu tinha dublado uma música da Rosalía sem tanto sucesso. Agora era um consenso.

O pessoal aplaudiu, e eu liguei o microfone, agradeci e passei o contato das minhas redes sociais. Desci do palco e fui até o grupo de gurias da mesa da frente. Elas pediram uma foto comigo. Olhei em volta pra ver se mais alguém queria conversar.

Um casal estava sentado no sofá no fundo do bar, e um dos guris abanava pra mim.

Quando cheguei mais perto, vi que era o Antônio, o namorado do Eric. Eric estava do lado dele.

Fui me aproximando deles, conferindo pelos espelhos do bar se eu estava suado, ou se a peruca tinha saído do lugar. Me lembrei de sorrir, e sorri, com esforço. Eu não sabia o que dizer, e o que saiu foi, 'Opa, e aí?'.

Antônio era ainda mais bonito do que nas fotos. O peitoral dele marcou a camiseta azul-marinho quando ele se levantou. Eric estava no canto do sofá, provavelmente arrependido de estar ali — que nem eu. Ele disse, 'Oi', ou talvez só tenha mexido os lábios, e eu respondi da mesma forma.

'Guria', o Antônio disse. 'Que performance foi essa?'

Imaginei que com isso ele quisesse dizer que me admirava e que não guardava nenhum rancor por eu ter botado o namorado dele pra mamar.

Os dois estavam vestidos meio iguais, de bermuda, camiseta de manga curta e tênis, o que contrastava bastante com o meu vestido branco estrelado. Eric me olhava com um sorriso nervoso. Antônio parecia contente de me ver.

'Jura, não foi nada de mais', eu disse, de novo me esforçando pra sorrir.

'Tu tava incrível', o Antônio disse. 'E linda. Quem te vê de boy nem imagina que tu é uma drag linda assim.'

'Ah, brigada', eu disse, sem saber se aquilo era um elogio.

Eric sorria pra mim, sem dizer nada.

Eu queria me teletransportar pra longe dali. Eu disse, 'Fico feliz que vocês tenham gostado, pessoal. Aproveitem a noite, tem umas drags muito boas daqui a pouco. Eu vou voltar ali pro camarim, que hoje eu tô meio na correria'.

'Tu vai embora, já?', o Antônio perguntou.

'Pior que sim.'

'Toma um drink com a gente.'

Eric me olhava com as sobrancelhas tensionadas.

'Bah, eu adoraria', eu menti. 'De verdade. Mas amanhã eu acordo cedo e hoje ainda tenho um monte de coisa pra fazer em casa. De repente numa próxima.'

'Beleza', o Antônio disse. Ele continuava com um sorriso genuíno e assustador. Reparei que o Eric não tinha dito uma palavra a conversa inteira, a não ser aquele suposto 'oi'.

Dei um beijo na bochecha de cada um e voltei pro camarim.

Encontrei a Nala ajustando a maquiagem enquanto esperava a vez dela de subir no palco. Comecei a arrumar as minhas coisas pra ir embora, e a Nala perguntou por que eu estava indo tão cedo. Eu disse que depois explicava melhor. Passei pelo salão mexendo no celular o tempo todo, pra não precisar olhar pro Antônio e pro Eric. E fui caminhando pra casa, ainda cem por cento montada.

Meses antes, quando o Eric bloqueou o meu número — depois que o Antônio descobriu que a gente estava se comendo —, resolvi que nunca mais queria ver aquele pau-no-cu na minha frente. Não era a primeira vez que o Eric sumia. Tinha acontecido a mesma coisa cinco anos antes. Foi desse jeito que ele se despediu de mim duas vezes: me bloqueando. Assim ele não precisava lidar com o problema. Era só me jogar fora.

As nossas saídas tinham provocado uma crise entre ele e o namorado, e era compreensível que a gente não pudesse continuar com os encontros, mas me bloquear era coisa de chinelão. Ele podia ter tido a decência de me mandar uma mensagem.

E por quê, afinal, esses guris estavam no meu show? O que o Antônio queria?

Me conhecer? Se vingar? Propor uma broderagem a três?

Por que ele queria tomar *um drink* comigo?

Cheguei no meu prédio e subi as escadas até o apartamento. Acendi a luz e me atirei no sofá, postergando a tarefa de desaquendar e tirar a maquiagem. Caíque dormia no quarto.

No celular, vi que o Antônio não só tinha me desbloqueado como também postado um vídeo da minha performance, marcando a minha conta profissional. E ele tinha mandado uma mensagem que dizia, *Vamos cobrar aquele drink.*

4.

No dia seguinte, uma sexta-feira, acordei do lado do Caíque. Uma fresta de luz entrou pelo meu olho quando o despertador dele tocou. Eram sete horas, e eu só precisaria levantar lá pelas nove, mas decidi acordar também. Caíque estava ajeitando o nó da gravata no espelho do banheiro quando pulei da cama pra passar o café. Ele foi calçar os sapatos perto de mim na cozinha.

'Que que te deu?', ele perguntou, compenetrado nos cadarços.

'Por quê?'

'Sete da manhã. Caiu da cama?'

'Quis passar um tempinho contigo.'

Ele sorriu e ficou de pé. 'Pode falar.'

'Tá. Queria te contar uma coisa que aconteceu ontem. Tem a ver com um guri.'

'Hm, vou adorar ouvir. Ainda mais a essa hora.' Ele ajeitou os óculos, sério. 'Fala.'

'Lembra do guri conhecido como foda fixa de Camaquã?'

'Lembro.'

'Eric, o nome dele.'

'Aham.'

'Tu nem sabe', eu disse, observando bem o Caíque. 'Eu vi ele ontem.'

'Por acaso?'

'Hm — não. Eu já tinha visto ele duas vezes antes disso.'

'Quando?'

'Faz uns seis meses.'

'Tu ficou com ele?'

Ouvi a cafeteira roncar e servi o café. 'Sim.'

'Hm. Tu não tinha me contado, né?'

'Não. Tô te contando agora.'

'Hm. Por quê?'

'Por que eu não tinha contado? Ou por que tô te contando agora?'

'Por que tá contando agora.'

'Eu queria que tu ficasse a par.'

'Hm. Por quê?'

'É que assim: ele tem namorado. Os dois tão juntos faz anos, já.'

'Aham. E ele meteu guampa no namorado contigo?'

'Não. Não exatamente. Mas sim.'

'O namorado descobriu?'

'É, o namorado mexeu no celular dele e leu as mensagens. Daí veio me dar uma prensa.'

'E tu deu papo pra ele?'

'Eu desconversei. Só que no fim do dia os dois me bloquearam.'

'Eles terminaram?'

'Não. Ontem os dois foram no Workroom.'

'Bah.'

'E o pior é que foram por querer. O namorado, o Antônio, foi bem simpático, até. Bem, bem simpático. Me elogiou, postou um vídeo meu dublando Elis.'

'Mas eles foram falar contigo?'

'Sim. Na verdade, o Eric parecia bem desconfortável. O Antônio que me chamou. E me convidou pra tomar um drink.'

'E tu tomou?'

'Ontem não. Mas ele mandou mensagem dizendo pra gente marcar.'

'Aham. E tu vai?'

'Não sei. Eu queria. Mas é uma situação meio bizarra.'

'Aham. E por que tu tá me contando tudo isso agora?'

'Por isso. Porque eu tô com vontade de ir, mas eu sei que vai ser um rolo se eu for, então já tô te falando. Até pensei também que tu poderia ir comigo.'

'Nah, não fode, Artur.'

'Ia ser mais fácil. Até pra dar um limite. Eu não sei o que esse guri quer.'

'Não. Nem a pau.'

'Bom, ok.'

'Preciso tomar o meu café e sair.'

'Tu acha que eu devo ir?'

'Não sei. Vai se tu quiser.'

'Tu prefere que eu não vá?'

Caíque se serviu e deixou a jarra de lado e olhou sério em direção à janela.

'Não sei.'

Ele engoliu o café, escovou os dentes e saiu.

Caíque e eu nos conhecemos numa festa na UFRGS. Uma colega do Instituto de Artes me convidou pra ir depois da aula pra parte de trás do prédio da Economia, onde os alunos bebiam e ouviam música. Na fila pra comprar cerveja, eu e a minha colega ficamos de olho no guri que vendia as fichas. Ele usava óculos clubmaster de grau e tinha um corpo musculoso que se impunha no meio dos universitários magrelos — panturrilhudo, trapezudo, bundudo, shape de gurizão, peito e abdômen formando um triângulo invertido —, e ele não parava de sorrir quando chegou a nossa vez de comprar cerveja, talvez porque sorrisse pra todo mundo. Entramos na fila quatro vezes. Aos poucos o lugar ficou lotado e fomos fumar na parte de fora. Um tempo depois, o guri do caixa apareceu. Veio na nossa direção e puxou papo. Quando era a minha vez de falar, ele prestava atenção em mim e só em mim. Minha amiga foi generosamente dar uma volta, e ele e eu seguimos conversando. Nossas ideias pareciam se encaixar, tipo dois riachos se juntando no mesmo fluxo, e no fim os nossos copos ficaram vazios, mas a gente continuou lá. Antes de voltar pra festa, ele disse que gostaria muito de ficar com o meu número, se não fosse inconveniente — devia ser só charme: ele provavelmente sabia que não tinha chance nenhuma de eu *não* passar o meu número. Mas como ele não parecia ter noção de como era gostoso, dei o meu número com alguma esperança. Fui embora da festa, e uma hora depois esse guri que vendia cerveja no centro acadêmico me mandou uma mensagem perguntando o que eu ia fazer no dia seguinte. Caíque, estava escrito no perfil. Ele me chamou pra ver uma exposição no centro da cidade. Fui dormir nervoso e acordei olhando o relógio de quinze em quinze minutos. Depois de ir no museu, demos uma banda e falamos sobre as nossas famílias. Minha mãe e os meus avós já tinham morrido, então eu praticamente não tinha família. Ele disse que um dia eu ia conhecer Igrejinha, a cidade de onde ele era. Eu não sabia onde ficava Igrejinha, mas tremi com a proposta, feita um dia depois de conhecer o guri. Era corajoso da parte dele se comprometer daquele jeito. Mas não parecia da boca pra fora: ele falou cheio de segurança e verdade, e mesmo que a proposta me causasse medo, botei fé que eu realmente ia conhecer os pais dele em Igrejinha. Entramos numa sessão do CineBancários que já ia começar e trocamos uns beijos, mas logo notei que ele queria prestar atenção no filme. No fim ele perguntou aonde eu queria ir. Eu vivia numa pensão pra estudantes e não podia receber ninguém, e ele morava de favor com um primo. 'Tu vai achar muito estranho se eu te convidar pra ir num motel?', ele perguntou. 'Óbvio que não', eu respondi. Procuramos no mapa e encontramos um motel de esquina e rachamos a grana.

Caíque tinha um jeito amoroso de me tratar que continuou evidente na cama do motel, mas de uma maneira um pouco distorcida. Ele me deu ordens de um jeito que parecia que ele estava me fazendo *um favor*. Ele era bom naquilo, e falava sem gaguejar. Suamos muito e tomamos banho, e depois que a gente se despediu eu fui pra pensão sem saber se devia mandar uma mensagem ou esperar que ele mandasse. Na manhã seguinte, fiquei checando o celular o tempo todo. Ele finalmente mandou mensagem no fim da tarde, então abri uma cerveja pra relaxar. A gente passou a se falar todos os dias, de manhã e de noite, às vezes trocando mensagens por horas. Começamos a nos ver algumas vezes por semana, e conhecemos os amigos um do outro. Desde o começo foi fácil ter intimidade com o Caíque — ele era sociável, tranquilo, safado. Era só eu mandar qualquer foto minha (das pernas, deitado na cama; do rosto) que ele respondia que queria me comer naquele instante — e ele sempre conseguia soar carinhoso quando falava coisas assim. Com o Caíque era dominação e parceria, putaria e carinho. Ele olhava pra minha bunda e dizia, 'É minha', e eu respondia, 'É tua'. Eu gostava disso: o Caíque me queria pra ele, queria gravar o nome dele em mim, demarcar que eu era dele — e eu queria ser dele e queria que ele fosse meu. Era isso: o prazer de *ter* alguma coisa, já que antes a gente não tinha nada.

Ele me pediu em namoro dois meses depois. No começo a gente ia nuns motéis bagaceiros, mas isso mudou um tempo depois, quando o Caíque passou num estágio numa corretora de investimentos e em seis meses foi efetivado. Caíque era um desses caras que só ficavam satisfeitos se gabaritavam as provas; ele conseguia o que queria e ponto, e montava planilhas no computador com metas financeiras e pessoais, divididas em semanas e meses, e até com metas que ele queria atingir em cinco, dez, vinte anos. Minha vida não tinha esse tipo de organização, mas aos poucos fui me acostumando com a segurança de ter ele do meu lado; ele fazia eu sentir que a vida ia ser tranquila. Caíque participava das reuniões do coletivo de um partido de esquerda, enquanto dava um jeito de entrar no berço do capitalismo e se dar bem, se adequando à meritocracia e contornando as estatísticas simplesmente sendo o melhor em tudo. Com o que sobrava do dinheiro que ganhava na corretora, ele sugeriu que a gente alugasse um apê. Eu ainda estava na metade da faculdade e vivia de trabalhos malpagos e do dinheiro que o meu tio me mandava do Paraná de vez em quando. Continuar a graduação começava a ficar insustentável, porque eu era obrigado a cursar disciplinas no período da tarde, o que me impedia de ter um emprego. 'A gente dá um jeito', o Caíque disse. 'Eu seguro as pontas por enquanto, depois tu vê.' Logo encontramos, num prédio na Cidade Baixa com escadas sombrias e azulejos quebrados, um apartamento de chão de parquê com cortinas escuras, um balcão que separava a cozinha da sala e um quarto grande com um banheiro encardido. Era perfeito. No começo a gente dividia as tarefas: ele fazia as compras, eu lavava a roupa.

Eu já sabia que o Caíque fazia eu me sentir bem, mas a confirmação definitiva veio quando me tornei drag queen. Eu fazia uma oficina de teatro na UFRGS e lá conheci o Raí, um aluno mais antigo. Raí ia de salto alto pra aula e comia umas bananas quase podres. Tive uma simpatia imediata por ele. Era comum que a gente atrapalhasse as aulas com as nossas conversas. Raí se interessava por técnicas de maquiagem, e um dia se ofereceu pra me montar. Ele me emprestou as roupas e o sapato e me maquiou inteiro. Minha sobrancelha continuou aparecendo por baixo da cola bastão, e o meu corpo ficou todo desconjuntado, sem postura, mas senti algo difícil de explicar. Era como se eu fosse outra pessoa. Comecei a me montar escondido, vendo um tutorial de maquiagem atrás do outro, e quando falei pro Caíque que queria fazer drag ele ficou quieto por um momento e então disse que queria me ver montado. Fiz um olho marrom-esfumado e um contorno leve; passei batom rosa e usei uma peruca loira e um body que o Raí me emprestou. Caíque saiu do quarto e me encarou com os olhos bem abertos, absorvendo os detalhes do meu look malfeito. Ele riu um pouco, depois voltou a ficar sério e deu um passo pra trás. Então ele disse, pronunciando bem as palavras, 'Tu ficou linda'.

5.

Uma semana depois da minha apresentação no Workroom, o Antônio me mandou uma mensagem. Ele dizia que não tinha se esquecido da cerveja, e que a gente podia se ver naquele fíndi, se eu achasse uma boa. Eu seguia confuso, mas aceitei o convite. Sugeri sexta-feira no Rossi, perto de casa e com área pra fumar.

Quando chegou o dia, passei três jatos do meu perfume com cheiro de vinho e botei uma camiseta que marcava o corpo. Fazia um calor desgraçado e o céu estava cinza-alaranjado. Fui a pé e comecei a suar perto da Lima e Silva. Quando cheguei, o Antônio estava sentado sozinho numa mesa de plástico amarelo na área externa do bar. Ele abriu um sorriso quando me viu.

'Já comecei com a cerveja aqui. Espero que tu não te importe.'

Puxei uma cadeira e me sentei do lado dele.

'Jura. E o Eric?'

'Ele não vem. Já te explico.'

Antônio se levantou e foi pra dentro do bar, onde tinha um balcão mal-iluminado, paredes de azulejo branco, pilhas até o teto de engradados de plástico com garrafas de vidro. Ele pediu mais um copo pra dona, uma senhora de rosto amassado. Quando voltou com o litrão, ofereci um cigarro e ele recusou. Antônio se sentou e encheu o meu copo. Perguntou se eu só trabalhava como drag queen ou se fazia outra coisa também, e antes que eu respondesse emendou um papo sobre vocação e fazer o que se gosta, o que se nasceu pra fazer. Antônio tinha uma voz grave que teria me botado pra dormir se eu não estivesse tenso. Enquanto ele falava, eu tomava cerveja bem rápido e fumava um pito atrás do outro. Eu estava suado e tentava não me distrair com o barulho dos carros que passavam na rua, do outro lado da grade. Quando ele terminou de falar, contei que pra pagar as contas eu trabalhava no café de uma livraria, e ele disse que sempre quis trabalhar numa livraria. Duvidei um pouco disso.

Perguntei o que ele fazia da vida, tentando tirar o foco de mim. Antônio disse que era programador, que fazia os códigos por trás dos sites. Lembrei que os programadores eram disputados no trabalho do Caíque. Outras empresas logo queriam roubar eles de lá, pagando um salário maior. Pra mim a ideia de uma profissão com salários crescentes era só isso: uma ideia.

'Um trabalho chato pra caralho, comparado com o teu', ele disse.

'Jura, parece legal', eu disse, mentindo, mas sem nada pra acrescentar.

O papo continuou por alguns minutos, até que ele disse, 'Tá, já vou falar, antes de qualquer coisa', como se a gente já não estivesse conversando fazia mais de três cigarros. 'Eu queria me desculpar pelo drama todo que fiz no inverno. Não era pra ter te envolvido.'

'Ah. Certo.'

'Não é tão comum na minha idade um namoro longo assim. Faz cinco anos que eu vejo o Eric toda semana.'

Antônio apoiou os cotovelos na mesa.

'Foi ele quem pediu pra abrir o namoro. Eu não queria no começo. Ele tava saindo muito, e eu não. Aí um tempo depois eu resolvi desapegar. Claro, a gente definiu umas regras, pra não se envolver muito com ninguém.'

Acendi outro cigarro e dei uma golada na cerveja. Reparei na camisa polo do Antônio, e quis ao mesmo tempo conhecer ele melhor e deixar claro pras pessoas em volta que eu não fazia parte daquele mundo de bermuda cáqui e camiseta colada — sendo que as únicas outras pessoas no bar eram quatro tios barrigudos cacarejando longe da gente.

'Acho que ele acabou gostando de ti', ele disse.

'Ah, é?'

'Sim. Não que seja um problema, tá? Quer dizer, no começo foi, porque ele quebrou o combinado, mentiu pra mim. A gente ficou uns dias sem se falar, e depois a gente teve uma conversa bem difícil. Ele chorou, disse que tava arrependido, que a gente podia fechar de novo a relação, continuar do jeito que tava.'

Já tinha escurecido, e a luz amarela de um poste incomodava a minha visão. Eu seguia empinando cerveja.

'Que bom, Antônio.'

'Só que, com o tempo, as coisas voltaram a ficar que nem antes. Não tinha mais pra onde ir. A gente podia voltar a abrir a relação e ver outros caras. Eu só não queria que tudo desmoronasse de novo. Aí eu pensei em ti, e o Eric topou. Ele fica tenso com essas situações, mas acho que tá na hora de tentar uma coisa nova.'

Era assim que Antônio me via? Como uma *coisa nova*?

'Eu te chamei hoje pra te conhecer melhor, sabe. Sem o Eric. E também pra saber se tu gostaria de sair com a gente.'

'Com vocês dois?'

'É. Uma janta, talvez. Eu posso cozinhar.'

De frente pro Antônio e com a cerveja nublando o meu discernimento, não consegui recusar a proposta.

'A gente pode combinar', eu disse.

Antônio sorriu com os dentes brancos e alinhados e disse, 'Decisão correta'.

Pedimos mais um litrão, e durante os dois cigarros seguintes ele me contou alguns episódios do relacionamento deles. Eu soube que o Eric já tinha passado mal no aniversário do irmão do Antônio e vomitado no jardim, e que o Antônio não se sentia bem com os pais do Eric, e que o Eric era sonâmbulo e comia tortas inteiras de madrugada.

A princípio pensei que eu não fosse gostar do Antônio. Ele parecia o tipo de cara que veraneia em cruzeiros e paga pra entrar nos bares da Padre Chagas — o tipo de cara que não tem vergonha de dizer que fez aulas de tênis na infância, ou de golfe, esgrima, hipismo. Imaginei que ele não saberia o que fazer com uma conta de luz, com uma máquina de lavar, com um cartão de ônibus. Na minha cabeça ele investia em criptomoedas, defendia o parlamentarismo.

E talvez eu estivesse certo sobre tudo isso, mas na hora não me importei. Ele fez questão de pagar as cervejas. A dona do bar sorriu pra mim, percebendo que eu estava sendo bancado por um macho. Antônio me deu um beijo na bochecha, perto do lábio, e a gente foi embora, cada um pra sua casa.

6.

O dia amanheceu com um sol total na sexta em que eu jantaria com o Eric e o Antônio. Mal registrei a saída do Caíque. Depois que escutei a porta bater, fiquei me revirando na cama, tentando voltar a dormir. (Caíque cuidava pra não fazer barulho de manhã cedo, mas o apartamento era antigo, e a porta emperrada precisava de um empurrão pra fechar.) Quando vi, me levantei, tomei café e saí de casa.

Eu trabalhava no centro da cidade, num café dentro de uma livraria. Meu trabalho era fácil e muitas vezes prazeroso. Na maior parte do tempo eu ficava no caixa, mas também operava a máquina de café, servia biscoitos e tortas e cuidava da logística dos alimentos. Era um trampo que não me exigia muito nem me ocupava a cabeça no tempo livre.

Comecei a trabalhar lá porque num domingo eu estava passeando pelo Centro com o Caíque e ele quis entrar na livraria. Ficou andando de um lado pro outro, separando livros pra folhear numa poltrona. Me interessou mais o cara de cabelo cacheado que olhava pra mim de trás do balcão. Ele sorriu e eu sorri de volta, um pouco constrangido por flertar tão perto do Caíque. Depois que fomos embora, comecei a seguir a página da livraria e curti umas fotos. Logo depois o cara do balcão começou a me seguir também. Conversamos pelo chat e descobri que ele e o namorado eram os donos do lugar. Ficamos amigos virtuais e conversamos por umas semanas. Numa das conversas o cara de cabelo cacheado me contou que um dos funcionários do café tinha recém pedido demissão, e eu me ofereci pra vaga. Eu trabalhava numa loja de fotos e porta-retratos de um shopping e detestava a carga horária e o salário ridículo. No café da livraria, a escala era flexível; nos fins de semana eu só precisaria trabalhar um sábado sim e outro não, e nada de trabalhar domingo. Eu não costumava ler, mas já tinha trampado num café da UFRGS. Foi o suficiente pra me contratarem.

Fora os donos — que nem sempre estavam ali — e umas pessoas que faziam frila pra tapar buracos, eu tinha duas colegas livreiras: a Ângela, uma mulher de quarenta e poucos, sisuda e elegante e sempre prestes a virar minha amiga (não fosse uma reserva orgulhosa por trás de uns óculos quadrados de miopia que faziam ela parecer uma professora safada), e a Sabrina, uma guria dois anos mais nova que eu e com um senso de humor peculiar, que lia muito e atendia os clientes com indicações na ponta da língua.

Fiquei amigo da Sabrina assim que comecei a trabalhar lá. Ela soube que eu era drag queen e me encheu de perguntas. Quando não tinha clientes, a gente falava sobre guris, ou música pop, ou fofocava sobre a vida. Sabrina tinha os cabelos pintados de um loiro meio branco meio cinza. A expressão dela nunca mudava: um sorriso que não mostrava os dentes e olhos com a pálpebra quase pela metade. Ela parecia estar sempre chapada, e talvez de fato estivesse. Um dia ela me notou flertando com um guri que tinha ido tomar um espresso e disse que iria flertar com o próximo cara gato que aparecesse. De fato ela conseguiu o número do primeiro que entrou, um bicho-grilo de calça aladim com cara de quem não tomava banho todo dia, apesar do rosto inegavelmente bonito. Sabrina nunca mandou mensagem pra ele. Ela disse que só o flerte já tinha valido. Às vezes a gente flertava com alguém e trocava olhares assim que a pessoa ia embora, e o outro sempre sabia o que tinha rolado.

Naquela sexta éramos só eu e a Sabrina na escala. Eu não queria falar sobre a janta com os guris, talvez com medo de ficar mais ansioso ou de amaldiçoar a noite. Sabrina estava na entrada da livraria, lendo e atendendo clientes, e eu, no caixa do café, com pouca demanda. Quando aparecia alguém, eu me esforçava pra sorrir. Assim passamos o dia.

'Tu tá estranho hoje', ela disse, no fim da tarde.

'Não', eu respondi. 'Cansado, só.'

Quando chegou o horário, peguei as minhas coisas e fui correndo pra casa. Eu ainda tinha umas horas pra me arrumar, mas fui fazendo tudo com antecedência — ser drag queen me tornou obsessivo pra me arrumar com tempo.

Tomei banho, passei desodorante, perfume, creme. Escovei os dentes. Vesti a cueca mais bonita, a camisa florida, o relógio de metal. Me vi pronto duas horas antes do horário e fiquei rolando feeds de redes sociais e tomando água. Antônio mandou uma mensagem perguntando se os planos estavam de pé. Deixei passar uma meia hora e respondi que sim, claro.

Caíque chegou daquele jeito meio labrador de sempre, cansado e feliz. Botou os óculos em cima da mesa e veio me dar um beijo.

'Tu tá cheiroso. E bonito.'

'Brigado.'

'Onde tu vai?'

Tentei encontrar a pausa perfeita entre as palavras, mas a voz saiu desafinada:

'Encontrar o casal.'

A testa do Caíque se contraiu.

'Tu vai?'

'Vou.'

'Ah', ele disse. 'Tá. Beleza.'

Caíque fez que sim com a cabeça e foi tomar banho. Ele pôs uma roupa de ficar em casa e ligou a TV. Ele me espiou calçando o tênis no quarto e disse:

'Não quer ver uma série comigo?'

Eu suspirei e sorri e disse, 'Não dá. Eles tão me esperando'.

Dei um beijo nele quando saí de casa, às nove — a hora em que eu deveria chegar. Atravessei a Redenção apressando o passo e cheguei meio suado no prédio do Eric. Antônio atendeu o interfone e me mandou subir. Pensei em fingir que era a primeira vez que eu entrava no apartamento. Depois lembrei que o Antônio tinha visto as minhas mensagens com o Eric; ele sabia que a gente tinha se encontrado lá. No elevador, sequei o suor da testa com a camisa.

Quem abriu a porta foi o Eric. Ele tentou sorrir, mas foi traído pelas sobrancelhas. A expressão dele me fez querer pedir desculpas por ter aceitado o convite. Trocamos um beijo destrambelhado na bochecha e ele fez sinal pra eu entrar.

'E não é que ele veio mesmo?', o Antônio disse, de trás do balcão.

Ele mexia uma panela, com avental de chef e tudo, ainda que fosse só massa à bolonhesa. Por baixo do avental ele usava uma camiseta e um jeans justo.

'Eu que não ia perder isso aqui', eu disse, por algum motivo.

A mesa estava posta com taças que pareciam de cristal e um candelabro pequeno. Eric me olhou como se dissesse que não era o responsável pela decoração.

Me dei conta de que não tinha levado nada pra beber quando o Antônio pediu pro Eric abrir um vinho. No primeiro gole, achei bom não ter levado nada. Caíque e eu adotávamos a regra de nunca tomar vinhos que tivessem o preço em reais abaixo da nossa idade, o que significava que a gente se permitia tomar vinhos de vinte e poucos reais pra cima. O vinho que o Antônio e o Eric serviram tinha gosto de no mínimo cinco vezes isso. Se eu tivesse trazido um vinho vagabundo, eles só tomariam por educação. Por um momento eu quis que o Caíque estivesse comigo.

Me sentei numa cadeira alta do balcão e comecei uma conversa com o Antônio. Ele me fez perguntas sobre drag, enquanto o Eric olhava pro chão e pra mim e de novo pro chão e sorria e ficava sério e sorria de novo. Ele fazia comentários rápidos, e logo a palavra voltava pro Antônio.

'Tu é formado em artes, né?'

'Larguei o curso na metade', eu respondi.

'Incrível.'

Perguntei sobre a faculdade do Eric, pra forçar ele a falar. Ele disse que ainda faltava um ano, e que depois ele ia se especializar em dermatologia. Ele disse que tinha muitas doenças na alçada dos dermatos.

'Tu ama mesmo medicina?' eu perguntei. 'Tipo, tu nasceu pra isso, que nem dizem que tem que ser?'

'Sinceramente? Não. Meus pais são médicos, eu nasci nesse meio. Eles sempre botaram pressão pra eu ser médico também.'

'Tendi.'

Nos sentamos pra comer a massa. Achei que seria bom tomar mais vinho, pra facilitar as coisas, e o Eric deve ter pensado igual: ele virava as taças a mil. Arrisquei contar sobre a vez em que um cliente bêbado de uma casa noturna jogou cerveja em mim quando eu estava no palco. Antônio riu; Eric ficou chocado e fez umas perguntas.

'Então', eu disse, no silêncio seguinte. 'É a primeira vez que vocês fazem uma jantinha assim?' Foi a única coisa que veio na minha mente.

Os dois se olharam.

'Sim e não', o Antônio disse, sorrindo e apertando os olhos. 'É a primeira vez que a gente marca uma janta assim. Mas a gente já ficou com outras pessoas. Juntos, quer dizer. Tu e o teu namorado não?'

'Não. O Caíque não ia topar.'

'Por quê?'

'Não é muito o estilo dele.'

'Hm', o Antônio respondeu.

Terminamos de comer e fomos pra sacada. Antônio me ofereceu um beque, e eu achei melhor recusar. A maconha ia fazer aquela noite estranha terminar numa foda, e eu ainda não estava preparado pra isso. Fumei um cigarro, terminei a minha taça e disse que precisava ir.

'Já?', o Antônio disse. 'Tinha que ficar mais.'

Inventei que no dia seguinte eu ia cedo pra feira de orgânicos. Eu disse, 'A gente pode repetir'. Achei que devia dizer isso.

Eric concordou com a cabeça e disse, 'Sim, podemos, sim'. Como se ele também achasse que devia dizer isso.

Quando cheguei em casa, o Caíque estava vendo um videoensaio no sofá. Ele tinha muito menos tempo livre do que eu, mas organizava listas pra consumir uma quantidade absurda de conteúdo. Eu achava tudo aquilo meio desnecessário, mas tive uma sensação de familiaridade de chegar em casa e ver ele ali. Caíque não pausou o vídeo.

'E aí?', ele perguntou.

'Tudo ok. Meio difícil ignorar a bizarrice da situação. Mas tinha vinho caro.'

'Ah, bom.'

Falei sobre como o Eric estava tenso e o Antônio aparentemente não. Caíque me escutou com a boca meio aberta e não disse nada. Me sentei com ele e vi um pouco do videoensaio, sem entender muita coisa.

Peguei no sono em algum momento, e o Caíque me acordou quando foi pra cama. Antes de dormir, vi a notificação de uma mensagem do Antônio: *Amei nossa janta.*

No dia seguinte, foi a vez do Eric:

Desculpa pelo antonio. Às vezes ele exagera. Mas gostei de te ver.

7.

Eu tinha dezoito anos quando conheci o Eric. Eu estava no primeiro semestre da faculdade e não era mais virgem desde o ano anterior (quando saí de uma festa com um turista australiano e fui com ele pro hotel Plaza; ele não quis que eu ficasse pra dormir, e eu nunca soube por quê). Logo que passei no vestibular, me adicionaram num grupo da turma do Instituto de Artes. Os alunos novos tinham que responder a um questionário que incluía estado civil, signo, orientação sexual e posição preferida. Publiquei as respostas e passei a hora seguinte olhando os comentários. Eu tinha tomado a decisão de entrar pra faculdade com essa questão fora do caminho. Todo mundo já ia saber logo sobre mim; eu não teria que esconder nada. Ninguém escondia; não tinha por quê.

No primeiro mês de aula, a turma dos veteranos alugou uma casa de festas na Cidade Baixa; no dia seguinte à festa, mesmo com todo mundo ainda de ressaca, uma guria da turma organizou uma noite no salão de festas do condomínio dela. Cada um levou a sua bebida. Perto das três da manhã, umas pessoas foram se trancar num banheiro e me chamaram pra ir junto. Eu nunca tinha ficado com o pau de fora com tanta gente ao mesmo tempo. Saí de lá meio bêbado da experiência.

Vieram outras festas do Instituto de Artes. Sempre tinha alguma putaria envolvida.

Cansei daquilo depois de uns meses, e os meus colegas também. As cadeiras teóricas impuseram um ritmo pesado de estudos. A gente pensava que o curso de artes visuais seria prazeroso e fácil, mas não era nem uma coisa nem outra.

Consegui um emprego num café no Campus do Vale e tinha que ficar indo e vindo de busão entre a zona norte e o centro da cidade. Chegava em casa cansado e mal via a minha mãe. Eu folgava domingo, e a minha mãe sábado.

Domingo era o dia que eu tirava pra mim. Eu tinha tempo livre pra estudar, sair com amigos ou simplesmente ficar à toa. Acordar tarde, passar um café e decidir o que fazer.

Num desses domingos, baixei um aplicativo de pegação e me impressionei com a quantidade de caras perto de onde eu morava. A maioria não mostrava o rosto. Gastei um tempo puxando papo, até que me deparei com um perfil sem foto. Na descrição dizia que ele procurava algo fixo. Ele tinha só um ano a mais que eu e estava a dois quilômetros de distância. Conversamos sobre banalidades e ele me mandou uma foto do rosto. Achei ele bonito, mas não quis dar moral e só mandei, *Massa*. Ele me passou o endereço.

Cheguei num condomínio com vários blocos na avenida Ipiranga e segui por um caminho de concreto até o prédio que o porteiro indicou. O guri abriu a porta de camiseta e cueca com estampa de sanduíches néon, e disse, 'Oi', sem sorrir. O apartamento era organizado, limpo, com poucos móveis. Tudo parecia recém-saído do plástico.

Fomos até o quarto, menos organizado que o resto. A cama estava bagunçada, e a escrivaninha tinha uns papéis espalhados.

O beijo dele era suave, babado, tipo uma lesma se locomovendo, mas num bom sentido. Usei os pés pra tirar o tênis e a meia, e quando tentei puxar a camiseta do guri, ele me impediu. Ele disse que não gostava de fuder sem camiseta.

'Por quê?'

'Não gosto. Só não gosto.'

Olhei rápido pro corpo dele, tentando entender de onde vinha aquela insegurança. Ele se sentia fora do padrão? Ele tinha alguma marca no corpo? Eu sinceramente não me importava com esse tipo de coisa. Queria que ele soubesse que não precisava ficar inseguro comigo.

Mas, bom, eu também não me importava que ele continuasse de camiseta.

Ele me chupou, eu chupei ele, e ele pegou uma camisinha na carteira. Eu queria aproveitar melhor as preliminares, mas não falei nada. Na verdade eu estava adorando estar ali, e parecia que ele também, mas de um jeito esquisito. Ele alternava expressões de prazer e dúvida. Talvez ele estivesse preocupado com alguma coisa. Dei um abraço nele e esperei que ele relaxasse. Ele ficou parado por um tempo, parecendo realmente relaxado, depois rasgou a embalagem da camisinha com a boca. Que afudê, eu pensei.

Depois do sexo, a gente deitou de olhos fechados. Escutei ele respirando.

'Ei', eu disse. 'Qual o teu nome?'

Ele respirou fundo e disse, 'Eric'. O ar-condicionado funcionava aos socos, alternando bastante ar com nada de ar.

'Eu, Artur.'

Eric ficou em silêncio.

'Tu mora aqui sozinho?', eu perguntei.

'Sim.'

'Que que tu faz da vida?'

'Cursinho.'

'Ah, legal. Pra quê?'

'Medicina.'

'Bah. Boa sorte. Tá tentando faz tempo?'

'Primeira vez.'

Ele respondia assim: sem perguntar nada de volta.

'Tu não é daqui de Porto Alegre, né?'

'Não. Camaquã.'

'É longe?'

'Umas duas horas.'

'Teus pais moram lá?'

'Sim.'

Peguei um ônibus pra casa pensando em como seria conhecer os pais dele em Camaquã. Por que tinha sido tão difícil pra ele ficar à vontade, se a gente estava a sós no apartamento, longe de qualquer pessoa que ele conhecia? Eu me sentia tão liberado desde que tinha entrado pra universidade que quis mostrar pra ele como era se sentir livre.

O pensamento voltou algumas vezes durante a semana. Eu queria ver o Eric de novo na minha folga. Quando acordei no domingo, ele já tinha mandado mensagem me convidando pra ir até a casa dele.

Ter entrado no aplicativo de pegação não significava que eu estivesse procurando um namorado; com a minha rotina, seria até difícil namorar. Mas o Eric era uma fodinha fixa em potencial, um guri misterioso que eu queria desvendar. Me animei com a ideia de me encontrar com ele de novo. Tomei um banho e peguei o ônibus pro Jardim Botânico.

Mais uma vez, a postura dele foi incerta. Ele tinha cheiro de perfume caro. A foda durou uma meia hora.

'Qual o teu sobrenome?', eu perguntei, quando a gente ainda estava deitado na cama.

'Pra que tu quer saber?'

'Pra te adicionar.'

'Não, tu não vai fazer isso.'

'Não?'

'Eu tenho namorada em Camaquã, meu. Ninguém sabe de mim.'

'Ah.'

Eu estava na cama dele, só de cueca. Me deu vontade de rir.

'E qual é a ideia?', eu perguntei.

'Que ideia?'

'Tu pretende continuar desse jeito?'

'Pretendo. Por quê?'

Olhei pro mural acima da escrivaninha. Vi fotos com a família e com uma turma de amigos, mas nenhuma com a namorada.

'Tu nunca vai contar pra ninguém?'

'Contar o quê?'

'Que tu é gay.'

'Quem disse que eu sou gay?'

'Bi?'

'Não tem nada pra contar, meu. Se quiser continuar me vendo, a gente pode. Se não quiser, tranquilo também.'

Duas semanas depois, acordei um dia de ressaca por ter tomado um porre no bar na frente do prédio da Economia. Abri o aplicativo e vi o Eric online. *Quero te ver*, mandei pra ele. *Vem*, ele respondeu.

Por um mês, a gente se viu todos os finais de semana. A interação se resumia a sexo e cochilos e umas poucas palavras. Eu me perguntava se um dia a gente faria alguma coisa além de se comer. Eu queria ver um filme, tomar um mate no Jardim Botânico. Eric continuava sem falar muito, mal respondia às minhas perguntas, e continuava presente só pela metade. Eu gostava de ficar com ele, mas era angustiante ficar naquela repetição, sem desenvolver nada e sabendo pouco sobre a pessoa com quem eu passava os domingos.

Numa dessas vezes a gente dormiu juntos por duas horas. Acordei de noite, meio tonto, e demorei pra entender onde eu estava. Minha mãe tinha mandado mensagem perguntando por mim. Pensei que o Eric poderia me convidar pra jantar, mas não recebi nenhum convite.

Quando cheguei em casa, minha mãe estava vendo TV na sala.

'Artur, onde que tu tava?', ela perguntou, com um sorriso, disfarçando o nervosismo. Ela tentava não parecer intrometida.

'Com um amigo.'

'Filho. Me avisa quando for ficar na rua o dia todo. Manda mensagem. Tá bom?'

'Mando, mãe.'

Na semana seguinte eu dei um abraço no Eric quando cheguei. Ele seguiu com os braços colados no corpo até eu me afastar. Ficou quieto, respirou fundo e puxou o ar como se fosse dizer alguma coisa, mas não disse nada.

Fomos pro quarto, e, pra minha surpresa, ele tirou a camiseta. Como eu suspeitava, ele era lindo sem camiseta. Eric tinha um corpo parrudo e poucos pelos.

Tentei ir na manha. Beijei o pescoço dele, e alguns minutos depois o peito e a barriga. Finalmente ele parecia confortável, respirando forte e demonstrando prazer, como se só precisasse tirar a camiseta pra tudo ficar bem. Fudemos e nos deitamos suados por cima dos lençóis.

'Queria te perguntar uma coisa', eu disse.

'Pergunta.'

'Tua namorada nunca sacou nada?'

Ele desfez o contato visual e olhou pro teto.

'É complicado. Sim, ela sabia.'

'Sabia?'

'É.'

'Cês terminaram?'

'Não.'

'Então o quê?'

'Eu não falei bem a verdade pra ti.'

Esperei ele continuar.

'Eu tinha uma namorada. Ela se envolveu num acidente de carro no começo do ano. E morreu.'

'Quê? Cacete. Bah, eu sinto muito.'

'Capaz. Tudo bem.'

'Não sei o que te dizer.'

'Não precisa dizer nada.'

'Então isso já tinha acontecido quando a gente se conheceu?'

'Já.'

'E por que tu disse que tava namorando?'

Senti o espaço entre nós ficar maior.

'Não sei. Eu não conseguia falar. Ainda não consigo direito.'

Agora que ele tinha dito tudo aquilo pra mim, eu queria nunca ter perguntado.

'Preciso de uma ducha', ele disse. 'Já volto.'

Achei melhor não ir atrás dele. Olhei de novo pro mural acima da escrivaninha e procurei alguma foto da namorada, mas não achei. Eu não entendia como era passar por uma experiência de luto, ainda mais no caso dele. Ninguém — além da namorada, pelo que eu tinha entendido — sabia que o Eric gostava de guris. Fiquei me perguntando como teria sido a relação dele com a namorada, e imaginei que foi bonita, por um lado, e conflituosa, por outro.

A carteira do Eric estava na escrivaninha. Ouvi o chuveiro ainda ligado e me levantei. Abri a carteira e encontrei o documento de identidade. Li o sobrenome e pus a carteira de volta na escrivaninha.

Dias depois, procurei o perfil dele e enviei uma solicitação de amizade. No fim do dia procurei de novo o perfil e não achei nada. A mesma coisa aconteceu no aplicativo de encontros. Eric tinha me bloqueado.

Esperei mais uns dias. Fiquei desesperado, com a sensação de ter deletado sem querer o arquivo de um trabalho que tinha demorado muito tempo pra ficar pronto. Só anos depois, quando eu já estava namorando com o Caíque, o Eric me desbloqueou.

8.

Um dia depois do jantar, o Antônio me chamou pra ir pra calçada do Bar Ocidente. No entorno, os barzinhos a céu aberto transformavam a João Telles num entrevero, um lugar cheio de gente de pé, no meio da rua, tomando trago. Nesse dia o Caíque ia dar um rolê com os colegas de trabalho e eu ia ficar em casa. Achei curioso o Antônio já me convidar pra sair de novo, mas topei. Comprei um chiclé de menta no caminho e cheguei um pouco atrasado de propósito.

Ele me esperava na esquina com duas longnecks. Tinha gente por toda a rua, uns guris bonitos circulando com trago na mão, e na minha frente o Antônio com uma camiseta de skatista.

'É só nós?', eu perguntei.

'O Eric tem prova na segunda e tá meio desesperado. E eu acho que tá bom assim, também.'

'Ah, é? Por quê?'

'Como eu te falei: ele já te conhece. Eu ainda não.'

Eu não sabia direito como continuar o papo. Antônio logo perguntou como tinha sido conhecer o Eric, e eu falei dos nossos dois encontros, seis meses antes — omitindo que eu já conhecia o Eric fazia bem mais tempo. Antônio ouviu tudo sem demonstrar desconforto.

Conversamos por mais três cervejas cada um, todas pagas por ele; fui bebendo entre um cigarro e outro. A rua foi se enchendo mais, e a gente conversou até começarmos a passar o peso do corpo de uma perna pra outra. Mas não estávamos nem uma hora ali quando o Antônio me convidou pra ir pra casa dele, já com o celular aberto pra chamar um carro por aplicativo.

Antônio morava num prédio no Mont Serrat com muros de vidro. O porteiro liberou um portão e depois outro. Subimos por uma escada de pedra até um átrio com um lustre de cristal. No elevador o Antônio digitou uma senha no painel e eu desviei o olhar, por reflexo.

Pra mim a ideia de ir de um bar pra casa de um guri não era nada de mais. Só que o guri dessa vez era o Antônio. Ele seguia preenchendo silêncios sem parecer nervoso. Dei uma olhada no celular e vi uma mensagem do Caíque, dizendo que ia pra uma festa com os colegas.

Chegamos no último andar e o Antônio digitou outra senha na porta do apartamento. Então ele abriu a porta, acendeu as luzes, me pediu pra deixar o tênis na entrada e me ofereceu alguma coisa pra beber. Aceitei uma cerveja.

Tudo no apartamento era limpo, moderno, caro, os móveis em branco e preto. Uma estante com uma coleção infinita de vinis ficava bem de frente pra porta de entrada. Reparei numa foto do Antônio e do Eric abraçados e felizes e com roupas de esqui num cenário de neve. Só me dei conta de que o apartamento era um duplex quando ele me conduziu escada acima até uma sala envidraçada com um sofá, uma TV grande e um

53

bar com garrafas numa estante aérea. Ele foi pra trás do balcão e tirou duas cervejas de um frigobar vermelho. No canto da sala, uma porta de vidro dava pra um terraço onde eu vi uma piscina pequena.

'Deve ser bom cada um ter o seu apartamento', eu disse. 'Pelo menos tem um desafogo.'

'É bom, sim. Faz tempo que tu mora com o teu namorado?'

'Mais de dois anos.'

Antônio tomou um gole da cerveja enquanto considerava esse dado. Me sentei num banco alto, e ele ficou de pé do outro lado do balcão.

'Vocês se dão bem?'

'Muito. A gente vai se acertando.'

'E tem sexo todos os dias?', ele perguntou, rindo.

Ele provavelmente queria deixar claro que a gente ia transar. Pra mim já estava claro, de qualquer forma.

'Depois de uns anos, nenhum casal transa todos os dias', eu respondi.

'É, não sei', ele disse, batucando as unhas no balcão. 'Por mim eu transaria. O Eric que tem preguiça.'

Eu disse, 'Entendi', e me levantei e fui pro outro lado do balcão. Dei um beijo no Antônio, depois afastei o rosto e percebi que ele estava sorrindo. Ele tinha uma pele macia, uma que outra sarda, o cabelo meio loiro meio ruivo, repartido na régua, da esquerda pra direita. Me perguntei se debaixo da roupa os pelos também seriam meio loiros meio ruivos. A gente se beijou até ficar de pau duro, e eu tirei a camiseta de skatista dele e descobri que sim: exatamente da mesma cor.

Antônio tinha um corpo definido que de repente me deixou receoso de tirar a roupa. Olhando pra ele, senti como se eu devesse estar fazendo abdominais naquele mesmo instante. Ele seguia calmo e confortável sem camisa, um cadarço servindo como cinto na bermuda, a camiseta jogada por mim no porcelanato imitando mármore.

'Vem cá', ele disse, e me puxou pela mão.

Descemos a escada e passamos pela sala de estar até o quarto. A cama era enorme. Ele ligou uma caixa de som e botou Solange pra tocar.

Empurrei o Antônio na cama, tirei toda roupa dele e só depois comecei a tirar a minha. Nos beijamos mais e eu senti o meu corpo relaxar. A pele do Antônio era macia e quente, e ele soltava uns pré-gemidos que eu não sabia se eram espontâneos ou uma maneira de me atiçar, mas que de qualquer forma funcionavam.

Quando os meus olhos passaram pela mesa de cabeceira, a minha atenção foi capturada por uma jockstrap verde e rosa, dobrada várias vezes que nem uma flor de origami.

Eu nunca tinha visto uma jockstrap de perto, mas me fascinava ver os caras com essa cuequinha sem bunda nos pornôs. Raí tinha me contado que no começo os atletas americanos usavam jockstraps pra evitar pancadas nas bolas, e que depois os gays, como de costume, substituíram a função original por putaria — o que fazia sentido em se tratando de uma roupa de baixo que revelava quase tudo enquanto prometia a proteção da masculinidade.

Era óbvio: o Antônio já tinha deixado tudo preparado quando me convidou pra sair. Ele pretendia me chamar pro apê dele, e em vez de já ir com a jockstrap, deixou ela à vista, pra eu ver e mandar ele colocar, eu intuí.

'E isso aqui?', eu perguntei, segurando a jockstrap na mão.

Ele disse, casualmente, 'É minha'.

Fiz a cara mais séria que eu pude e disse, 'Bota ela'.

Eu estava certo. Antônio sorriu, pegou a jockstrap da minha mão, se levantou e vestiu ela devagar, com a bunda virada pra mim.

Antônio era um baita de um puto, isso estava bem claro. Joguei ele de novo na cama, e ele se deitou de bruços, com a bunda empinada, marcada pelos elásticos. Me atirei junto e me esfreguei nele com todo o corpo.

Quando eu transava com o Caíque, na maioria das vezes a gente seguia o mesmo roteiro, em que ele dominava e eu era submisso. Os tapas não doíam; era mais uma dominação psicológica mesmo: ele gostava de falar baixaria. No começo eu me excitava com esse jogo de poder. O problema era que ele só curtia desse jeito, e a partir de um ponto a dominação se estabeleceu e virou a nossa zona de conforto. Ele tinha que ter o controle, e só ele.

Já o Antônio me deixou conduzir as ações. Era como se ali, naquele momento, eu replicasse o controle que o Caíque tinha sobre mim, mas agora na posição de dominador. Lancei uns palavrões e segurei o Antônio pelo cabelo. Ele me olhava com curiosidade, esperando pra ver o que eu faria em seguida. Dei mais ordens e ele obedeceu com gosto. Os gemidos ficaram mais longos, menos envergonhados.

Mas depois das preliminares a intensidade mudou. Meu tesão chegou num pico quando o Antônio deu pra mim; ele começou a emitir uns sons bem baixinho, como se quisesse se conter, mas não conseguisse, com o pau duro dentro da jockstrap. Puxei ele pra um beijo. Ficamos abraçados, e senti a minha pele se aquecer no contato com ele, e em algum momento esqueci de manter a pose, esqueci que eu devia dar ordens. A música me deixou com uma leve preguiça, mas continuei metendo num ritmo constante.

Nossos rostos se colaram. Eu sentia muito prazer e sabia que ele também, e por um segundo, ali perto dele, pensei que eu poderia dizer, se eu quisesse, *Eu te amo*. Me deu vontade de falar isso pro Antônio, mesmo que não fosse verdade, mesmo que eu mal conhecesse ele. E me pareceu que ele diria a mesma coisa pra mim.

Como uma transa podia me aproximar tanto de uma pessoa que eu nem conhecia direito — e ao mesmo tempo deixar evidente que a gente era estranho um pro outro? A gente estava pelado e muito perto, e o meu instinto foi pensar em *amor*. Era engraçado. Pra chegar em alguma coisa parecida com *amor*, eu ainda precisaria conhecer o Antônio pra muito além de uma fodinha. Mas era como se *algum* amor existisse, ou pudesse existir, num lugar distante — mas visível.

Afastei o pensamento e voltei pro presente. Eu não soube o que dizer. Dei um beijo no Antônio. Então o sentimento foi embora — o amor foi embora. E a gente gozou.

Depois tomamos um banho juntos. O espelho do banheiro ocupava quase que uma parede inteira, e não tinha nenhum tubo de pasta de dentes jogado no balcão; os rejuntes dos azulejos estavam branquinhos. Eu seguia tonto dentro do boxe, mas o Antônio parecia relaxado, a água escorrendo pelos gominhos da barriga. Ele perguntou se eu queria dormir lá. Eu disse que a gente podia combinar outro dia, mas que o Caíque estava me esperando em casa, o que de novo era uma mentira.

9.

Na segunda-feira de manhã, o Raí estava de folga do trabalho e veio até a minha casa. Uns meses antes a gente tinha montado um show com músicas de *Chicago* num bar burlesco. Até então eu nunca tinha performado nada parecido. Ele pensou em tudo, e o público pirou com a nossa interação. Agora a dona do bar tinha nos chamado pra repetir o show, e a gente precisava recapitular o que fazer.

Raí tinha me ensinado a maioria das coisas que eu sabia sobre drag. Quando entrei na oficina de teatro da UFRGS, eu achava que ia aprender a me soltar mais. Eu sabia desenhar, porque desenhava desde a infância. Mesmo assim, eu não tinha técnica suficiente pra sair do óbvio e me expressar de verdade. Meus colegas faziam maravilhas com nanquim e óleo sobre tela e até com caneta bic, enquanto eu sempre recorria aos mesmos desenhos com lápis 6B.

No começo as aulas da oficina de teatro eram exercícios de confiança entre os alunos. A gente aprendia a usar o corpo e a não ter medo de se deixar levar. Eu gostava das aulas, mas não conseguia afastar a impressão de que eu não tinha nascido pro teatro. Eu não representava cenas com naturalidade. O professor dizia pra eu esquecer que estava atuando e fingir que estava lá de fato, mas eu nunca conseguia.

Raí e eu ficamos amigos logo de cara. Ele era alto e muito magro e tinha o cabelo comprido e desgrenhado. A gente fez uns exercícios em dupla e passou a se ver fora das aulas. Ele era aluno de ciências sociais, mas parecia mais interessado na oficina de teatro do que na graduação.

Um dia o Raí me chamou pra ir numa festa no Centro. Bebemos umas misturas de vodca no apartamento que ele dividia com duas gurias.

'Tu deixa eu te maquiar?', ele perguntou, do nada.

Ainda tínhamos bastante tempo até a festa. Raí queria testar comigo umas técnicas que andava aprendendo em tutoriais. Ele pensava em se montar fazia um tempo, mas só tinha feito isso em casa, e nunca na rua, na noite.

'Sem problema', eu respondi.

Sentei no tampo do vaso enquanto o Raí passava cola bastão nas minhas sobrancelhas e pintava o meu rosto, sem deixar eu me olhar no espelho. Ele passou produtos em mim da testa ao pescoço, camadas e camadas. Eu achava que seria rápido, mas ele demorou mais de uma hora. Eu não entendia por que ele precisava fazer a make completa se eu ia tirar tudo depois.

'Porque agora que a gente chegou aqui a gente vai até o fim, gayzinha.'

'Tipo?'

'Peruca, vestido, etc. Tu vai te amar, eu juro.'

Ele me emprestou uma peruca bagaceira de cabelo chanel e um vestido tubinho vermelho que quase não entrou. Minha cueca ficou marcando por dentro do vestido.

'Tá pronta?', ele perguntou.

'Sim, ué.'

Mas eu não estava pronto.

Quando me virei, fiquei em choque. Eu nunca tinha sentido aquilo, e não conseguia parar de me olhar no espelho. Senti uma energia que eu não sabia de onde vinha, como se eu estivesse de frente pro passado, me reconectando com alguém que eu sempre tinha sido e abrindo possibilidades pra um futuro bonito. Eu estava igual à minha mãe. Continuei me olhando no espelho até cansar.

Naquele dia, não saímos de casa. Experimentei umas roupas enquanto o Raí me falava sobre base, contorno, iluminador, lace front, full lace, aquendar.

Menos de um mês depois, a gente foi pra uma festa montados de drag.

Raí trouxe as anotações que tínhamos usado no planejamento do show e revisou tudo comigo. Depois que decidimos que estava tudo decorado, passamos um café e tomamos com torrada e mel. Nos sentamos no chão da sala pra aproveitar o sol que entrava pela janela e decidimos fofocar.

Raí sempre me contava sobre os caras com quem transava. Ele acordava bem cedo e ia pro trabalho, onde passava o dia dando voltas em ônibus de turismo da prefeitura, controlando no aparelho de som a gravação explicativa de cada ponto turístico e acomodando os passageiros. De tardezinha, religiosamente, ele chegava em casa e assistia à reprise do programa matutino de culinária, e de noite caçava uma fodinha online. Agora ele estava me contando que tinha mamado um motorista de aplicativo.

'Começou na quadra da minha casa ainda — papo vai, sabe? Papo vem. Tinha jogo do Grêmio no dia, ele tava ouvindo no rádio, e eu quis testar ele. Eu falei que não ia no estádio fazia séculos, desde antes de terminar com o meu namorado.' Eu ri, com migalhas de torrada na boca, e disse, 'Como se tu já tivesse ido num estádio'. 'E como se eu já tivesse namorado', ele respondeu, e disse, 'Daí o cara simplesmente *gelou* na direção. E perguntou se eu tava solteiro fazia tempo, e eu disse que sim, aí ele perguntou se eu era bi, e eu disse que não, e aí, papo vai, perguntou se eu curtia mamar'. Eu intervim, dizendo, 'Pera, mas como que chegou nesse ponto? Tem que ter tido uma conversa aí no meio'. 'Ai, não lembro o que ele falou, só sei que ele tava se querendo, sabe? Já tava na cara que ia rolar. E aí eu fui mamando o caminho todo. Depois dei cinco estrelas pra ele. E acho que ele também me avaliou bem. E tu?', o Raí perguntou, depois de terminar a história.

Seria uma resposta complexa. Recapitulei pra ele os encontros com o Eric e contei o que tinha acontecido desde então.

'Bicha adora procurar sarna pra se coçar', ele disse, se servindo da segunda xícara de café. 'Tu já começa a história com "cinco anos atrás". "A foda fixa de Camaquã." Não tem como dar certo.'

'Ah, sim, melhor é transar com desconhecidos.'

'Daí não sei. Queria já ter transado com conhecidos pra poder comparar.'

Raí me olhou sério.

'E o Caíque?'

'Que que tem?'

'Ele sabe?'

'Sim.'

'E se importa?'

'Não sei. Acho que um pouco.'

'Pelo jeito tu ficou balançado com o loiro esse. Daqui a pouco tu te *envolve*.'

'Não. Ontem foi só sexo.'

Eu achava que ia ser só uma noite de curtição com o Antônio, e em alguns momentos realmente foi uma putaria braba,
mas no fim das contas foi tão intenso que eu recusei dormir com
ele. A intensidade toda me assustou.

Raí comia um pedaço da torrada com os olhos apontados
pra cima, pensando no que dizer.

'Acho que tu tá deslumbrado com esses dois padrão a fim
de ti, viado. Mas tem treta aí. Um dos dois vai ficar mordido.
Sabe? E tu precisa conversar com o Caíque.'

Eu encolhi os ombros e disse, 'Mas que que eu falo?'.

'Conversa com ele, ué. Deixa tudo claro.'

Foi um dia tranquilo na livraria. Ângela estava no caixa enquanto eu atendia os fregueses do café, que eram poucos. A livraria ficava mais silenciosa sem a Sabrina, e isso às vezes era bom.
Ângela era calma e mostrava os livros sem empurrar nada pros
clientes. Umas senhoras vieram atrás de livros policiais e tomaram pingado, e várias pessoas olharam livros sem comprar nada.

Perto da hora do almoço, o Eric apareceu.

Ele entrou na livraria, sorriu pra mim, veio até o balcão de
salgados e me pediu um livro de um autor francês, como se não
me conhecesse. Eu não sabia se perguntava o que ele estava fazendo ali ou só seguia o jogo dele. Sinalizei que ele devia falar
com a Ângela, que largou o chimarrão pra atender o Eric. Ele
me agradeceu, esperou a Ângela encontrar o livro, passou o cartão e foi embora.

'Quem era esse?', a Ângela perguntou.

'Um guri.'

'Eu vi. E tava bem interessado, pelo visto.'

Concordei, sério, e fui pros fundos do café limpar a pia,
que já estava limpa.

Mandei uma mensagem perguntando o que tinha aconteci-do. Eric respondeu:

Tava passando por perto e lembrei de ti. Desculpa atrapa-lhar. E também queria mesmo aquele livro hehe.

Certo, eu mandei. *Foi engraçado.*

Ele visualizou e não respondeu por um tempo. Eu tam-bém não disse mais nada.

Vinte minutos depois, ele retomou a conversa:

O antonio me disse que a noite de voces foi ótima.

Ah, sim, eu respondi. *Foi ótima mesmo.*

Esperei um pouco de propósito e mandei, *Tu não ficou des-confortável?*

Bah, ele respondeu, minutos depois. *Fiquei. Quero estar junto na próxima. Haha.*

10.

Na sexta-feira o Raí e eu fizemos a apresentação burlesca como Karma e Nala. O público aprovou. Só no meio do show eu reparei que o Caíque estava tomando um drink no fundo do bar. Ele tinha dito que ia se atrasar. Depois da apresentação, eu e o Raí nos sentamos com ele pra assistir às outras drags. Bebemos juntos e fomos embora pela uma da manhã.

No dia seguinte o Caíque e eu pegamos um ônibus pra Igrejinha, onde morava a família dele. De vez em quando a gente passava os fins de semana lá.

Desde a primeira vez que fui pra casa deles, alguns anos antes, eu me senti bem. Fiquei nervoso de conhecer os pais do guri por quem eu tinha me apaixonado, mas o Caíque estava tranquilo. Desde pequeno ele foi ensinado sobre preconceito de uma maneira bem clara pelos pais, dois professores da rede pública. Um dia ele me mostrou os livros infantis que a mãe dele ainda guardava, todos com personagens negros. Talvez por isso o Caíque não tenha tido grandes problemas quando se assumiu.

A gente levou só uma mochila cada um. Rosane, a mãe do

Caíque, me recebeu com um sorriso e disse, 'Meu filho'. Ela tinha preparado arroz, feijão, guisado e farofa. Sentamos pra comer, enquanto ela me fazia as perguntas de sempre; ela tentava me deixar à vontade por meio de um monte de perguntas. Marcos, o pai do Caíque, falava menos, mas escutava com interesse. Caíque contou sobre os últimos acontecimentos na corretora, tentando explicar a influência da economia nacional na Bolsa, e vice-versa, e ninguém entendeu. Rosane reforçou que queria ver uma apresentação minha na próxima vez que fosse pra Porto Alegre. '*Queria eu* me apresentar toda semana', eu respondi. Iarte, o irmão do Caíque, disse que iria junto, se ela fosse mesmo. Era engraçado ver o Iarte falar. Ele era uma versão mais nova do Caíque, só que mais namorador, menos obsessivo com os estudos — e ele tinha esse nome engraçado e diferente que eu invejava um pouco. Com quinze anos ele já tinha ganhado dinheiro em campeonatos de videogame e dizia que essa seria a carreira dele. Iarte tinha me ensinado a jogar uns jogos de lutinha, e desde então a gente gastava horas dos fíndis nisso.

Depois do almoço, os pais do Caíque foram tirar a sesta, e o Iarte foi pra casa de um amigo.

Fui tomar banho pensando no que o Raí tinha dito. Seria bom mesmo falar com o Caíque. Talvez fosse melhor deixar tudo claro agora, pra ninguém se magoar depois.

Voltei pro quarto. Caíque estava deitado na cama lendo *Os demônios*, que eu tinha dado pra ele de aniversário. Por sorte ele tinha uma cama de casal — presente de uns primos que tinham se mudado e desovado ela ali —, porque de resto o Caíque tinha um quarto de adolescente em Igrejinha: bichos de pelúcia, livros didáticos, canetas hidrocor, uma escrivaninha com detalhes em vermelho e branco.

'Posso te interromper?', eu perguntei, fechando a porta.

'Sempre.'

'Eu tava pensando numa coisa.'

'Isso é bom.'

'Nessa coisa toda do Eric e do Antônio.'

Caíque marcou a página que estava lendo e deixou o livro na mesa de cabeceira. 'Sim?'

Eu disse, 'A gente nunca falou sobre o que que a gente faria, né'.

'Faria?'

'É.'

'Faria se o quê?'

Sentei na beirada da cama. Eu devia ter pensado numa abordagem.

'Se a gente curtisse outra pessoa.'

Caíque tirou os óculos e ajeitou o corpo pra se sentar do meu lado.

'Como assim, guri. *Curtir*. Tu tá *curtindo* eles?'

'Não, Caíque. Não tô. É que às vezes eu —. Nem sei se devia ter te perguntado isso agora. Era mais pra deixar tudo combinado. Pra *caso* acontecesse alguma coisa.'

'Mas eles *já são* um casal, Artur. Tu vai curtir quem, *os dois*?'

'Não sei.'

'Tu já transou com os dois?'

'Porra, Caíque. Que pergunta.'

'Ué, eu quero saber. Tu não quer falar?'

Senti a minha pele ficar quente. 'Posso te falar, sim.'

'Então fala.'

'Eu fiquei com os dois em dias diferentes, separado. O ménage não aconteceu.'

Caíque usou o anelar e o dedo do meio pra coçar o olho. Ele soltou um suspiro.

Eu disse, 'Acho que a gente podia conversar mais'.

'Sim, claro, porque a gente não conversa o suficiente.'

'Caíque.'

'É que olha a pergunta que tu me faz. "O que a gente faria se *curtisse* outra pessoa".'

'Que que tem?'

'É meio *absurda*. Não é?'

'Por quê?'

'Não sei, Artur. Aí tu que me diz, pode ser? *Porra*.' Ele percebeu que tinha subido o tom de voz e tentou se acalmar. '*Por quê*. Porque seria ruim, né? Tu ia terminar comigo? É isso?'

'Óbvio que não, Caíque.'

'É o quê, então? É porque — eu não consigo botar no mesmo saco uma putaria de gurizada e um namoro de três anos.'

'Mas eu não tô botando no mesmo saco.'

'A gente nunca nem combinou nada, Artur. Tu só foi fazendo o que tu quis. Ficando com uns magrão aí. E por mim tudo bem — fica livre pra te fresquear com quem tu quiser. Mas não sei se a gente vai poder ficar *combinando* tudo.'

Caíque olhava pra um canto do quarto, respirando forte. Ele continuou:

'Sinceramente, eu não tenho vontade de ficar de viadagem que nem tu. E eu fico mal se tu me diz que o troço tá ficando sério.'

'Eu não disse isso. Eu só tava perguntando.'

'Mas *quem são* esses branquelo, que tu recém saiu e já tá me fazendo pergunta assim?'

'Tu quer conhecer eles?'

'Não viaja, Artur.'

'Mas é', eu disse. 'Tu pode conhecer, se tu quiser.'

'Ai, tá, Artur. Beleza. Não tô a fim de falar. Me deixa um pouco? Posso ler aqui?'

Ele pegou o livro na mesa de cabeceira e abriu onde tinha parado.

* * *

Logo depois que me mudei com o Caíque, senti que tinha alguma coisa errada. Eu nunca tinha namorado, e não sabia o que significava namorar. Desde a adolescência eu idealizava a ideia de me apaixonar por alguém, como se no momento em que isso acontecesse a minha vida fosse alcançar um estado de felicidade permanente. Conhecer o Caíque foi um choque elétrico, uma confirmação do que eu imaginava; por outro lado, depois do encanto inicial, o toque da mão dele passou a me paralisar. Não que ele desse sinais de que tinha um grande defeito que me faria rever a relação ou algo do tipo; ele só não era *exatamente* como eu tinha imaginado — o Caíque detestava roupas jogadas no chão, acordava cedo no domingo pra ver Fórmula 1 na TV, escutava metal a todo volume na caixa de som —, e eu ainda ia ter que aprender a lidar com isso. Tive a impressão de que fui morar com ele cedo demais. Não que eu tivesse me arrependido, mas eu achava que talvez a gente devesse ter esperado mais pra dar aquele passo.

Numa noite, poucos meses depois da mudança, saí com o Raí pra uma festa, nós dois de boy, depois de se embebedar em casa; o Caíque tinha acordado muito cedo de manhã e não quis ir. Chegando na festa, fiquei olhando em volta. Vi um cara com o braço estourando na camiseta, outro de cabelo encaracolado, um com piercing no nariz. E continuei olhando, na expectativa de que olhassem pra mim, enquanto eu passava pela pista.

Eram vários caras com quem eu gostaria de ficar.

Por um momento me senti culpado. Meu namorado estava em casa dormindo, enquanto eu flertava por aí. Depois de um tempo o Raí notou os flertes, e eu admiti que estava com vontade de beijar alguém. Eu não queria *trair* o Caíque — eu seguia apaixonado por ele, mesmo que do meu jeito; eu só não tinha parado de sentir atração por outros caras, e eu não sabia se isso era errado ou não.

Raí me disse que não tinha problema, porque eu e o Caíque nunca tínhamos firmado *um acordo*.

Mas, claro, estava implícito que a gente não podia ficar com mais ninguém. Caíque me pediu em namoro, e isso normalmente significava exclusividade.

Voltei pra casa tonto e exausto, e me enfiei debaixo das cobertas, do lado do Caíque. No dia seguinte foi tudo normal: a gente tomou café, transou e passou o dia na cama. Mas continuei pensando na noite anterior, e de alguma forma queria dividir isso com ele. Será que era pau-no-cu da minha parte falar pro guri que tinha recém se mudado comigo que, apesar de eu pensar nele o tempo todo, eu também queria fuder com outras pessoas?

Até então estava tudo bem na minha vida. Depois de perder a minha mãe, eu tinha encontrado no Caíque uma família — e de repente não estava mais tudo bem. De onde vinha esse desejo? O que eu estava buscando, se já tinha encontrado o que eu queria?

Antes de conhecer ele, eu ansiava por um guri safado e carinhoso e comilão que daria significado pros meus fins de semana, alguém que me tiraria do vazio, que faria eu finalmente me reencontrar comigo mesmo. E o Caíque era todas essas coisas.

O que eu não pude prever foi que, depois de tanto tempo sem um amor de verdade, justo nos anos de formação da minha vida sentimental — depois de tanto tempo de festinhas da faculdade e aplicativos de pegação —, eu ia sentir abstinência dessa liberdade quando conhecesse o Caíque. E que então me sentiria culpado por isso.

Segui nessa crise pelos meses seguintes, sem dividir nada com o Caíque. Eu não conseguia resistir a um guri bonito na rua; eu precisava olhar. Eu me sentia hipócrita de fingir pra mim mesmo que, quando eu comia sozinho no restaurante perto de casa, eu não trocava olhares com o nosso vizinho que costumava sentar perto da porta de entrada; ou que eu não tinha vontade de ver o guri do mercadinho sem roupa; ou que, nos dias que eu não tinha vontade de dar pro meu namorado, eu não daria pra outros caras, se pudesse.

Por um tempo fiquei remoendo possibilidades. Por exemplo: se eu propusesse um relacionamento aberto, não ia bater uma insegurança no Caíque quanto ao meu amor por ele? Será que ele falaria o que sentia de verdade ou toparia a proposta só pra me agradar? E caso a gente abrisse o relacionamento, estaríamos liberados pra ficar com qualquer cara que desse na telha? A gente contaria um pro outro dos nossos casinhos? E se ele não quisesse ficar com outras pessoas?

Demorou uns meses, mas, mesmo sem obter respostas pra essas perguntas, consegui tomar uma atitude.

Nós dois fomos pra uma festa na Cidade Baixa. No meio da noite, quando o Caíque foi no banheiro, um guri chegou em mim. Ele tinha cabelo crespo e curto e um maxilar quadrado, e estava bêbado de cair, com a fala lenta. Eu disse que namorava, mas ele insistiu. Quando o Caíque voltou, o guri ainda estava falando comigo, com o rosto perto do meu. Caíque pediu licença pra ele e falou no meu ouvido que o guri era muito gato. Eu falei que concordava e, num impulso, disse que tinha vontade de ficar com ele. Caíque deu um passo pra trás e franziu o rosto, mas depois disse que eu podia beijar o guri, se eu quisesse. Eu ri e disse, 'Tu tá louco'. E, como ele não respondeu, eu perguntei, 'É sério?', e ele respondeu que sim, parecendo meio na dúvida. A gente chamou o guri, e primeiro eu dei um beijo nele e depois ele chegou no Caíque e os dois se beijaram, e aí o guri foi embora, simplesmente desapareceu no meio da festa. 'Que que tu achou?', eu perguntei. Caíque respondeu, 'Gostoso afu, na real'.

Voltei faceiro pra casa. Tomei aquilo como uma permissão. Não foi a conversa complicada que eu tinha antecipado, mas pra mim já servia: eu podia ficar com quem eu quisesse.

11.

Durante o resto do fim de semana, não tocamos mais no assunto, e agimos normalmente na frente da família do Caíque. Eu não queria pensar na discussão que a gente teve, e preferi ignorar o problema, mesmo sabendo que a gente ia ter que lidar com aquilo depois. Ficamos em silêncio no ônibus de volta pra Porto Alegre, e em casa, comendo uns congelados e organizando as nossas coisas, o clima voltou a ficar amigável — a gente esquecia a treta quando o cotidiano se impunha.

Naquela semana fez um calor amazônico em Porto Alegre. Eu suava a bunda só de sair de casa. Eu queria, mais do que nunca, não precisar trabalhar.

No meio do expediente, troquei várias mensagens com o Antônio. Ele me mandava memes e links e uns vídeos supostamente engraçados, ou puxava assunto do nada, de noite, quando eu já estava cansado. Antônio perguntava sobre o meu dia e eu tentava achar novidades mesmo quando não tinha nenhuma.

Na sexta-feira combinamos de eu ir até a casa dele.

Caíque chegou do trabalho logo depois de mim e me chamou pra tomar banho. Eu topei. Só não queria *transar* com ele. Eu não queria gozar antes de sair de casa. A ideia era guardar pro Antônio. E talvez pro Eric também.

'Tem planos pra hoje?', o Caíque perguntou, como se eu estivesse pensando alto demais. Ele me abraçava e me ensaboava.

'Tenho', eu disse, e não falei mais nada.

'Beleza', ele respondeu.

Ficamos num silêncio esquisito até o fim do banho e depois falamos sobre o síndico, um senhorzinho que agora queria pintar a parte interna do prédio. Pensei em fazer uma chuca antes de sair de casa, mas não ia fazer isso com o Caíque por perto; ele ia se dar conta.

Depois de me arrumar, chamei um carro por aplicativo, e o Caíque disse, 'Te cuida'.

Eu respondi, 'Tu também'.

Quando cheguei na casa do Antônio, os dois estavam lá.

Eles estavam tão arrumados que eu me senti mal. Eric abriu a porta com uma camisa social e uma calça jogger, enquanto o Antônio vestia uma versão mais cara das minhas roupas.

'A gente vai sair?', eu perguntei.

'Não', o Antônio disse. 'Hoje a proposta é outra.'

Eric tirou do bolso um papel-filme enrolado e disse, 'Beque. E hambúrguer'.

Eles já tinham feito o pedido, e a entrega não demorou pra chegar. Subimos pra comer no balcão da cobertura. Eram três hambúrgueres enormes e cheios de bacon e provavelmente caros. Decidi não falar nada sobre dividirmos o pagamento — eles que me cobrassem depois — e estranhei que aquela fosse a refeição pré-sexo, mas comi com vontade.

Entre uma mordida e outra, o Antônio perguntou quando seria o meu próximo show.

'Amanhã', eu respondi.

'E como vai ser?'

'Um pouco diferente. Vai ser noite de microfone aberto. Eu vou largar um papo sobre política.'

'Sério?', o Antônio disse. 'Tu não tem medo de falar de política?'

'O Caíque me ajudou com o texto. Acho que vai ser tranquilo.'

'Eu quero dizer — medo das pessoas não concordarem.'

'Eu sou uma drag queen, né. Um guri de calcinha. É um público bem específico.'

Eric interveio:

'Cuida, Artur. O Antônio não é tão de esquerda quanto parece.'

'Ele não parece', eu disse, brincando, em parte.

'Ei', o Antônio disse. 'A gente pode ir?'

'Se quiserem me ver passar vergonha.'

'A gente quer, sim', o Eric disse.

Terminamos de comer e o Eric tirou a maconha do bolso. Eu nunca tinha visto um camarão tão verde na vida. Exalava um cheiro que dava pra sentir de longe. Eric pôs tudo num pires, catou umas folhinhas, montou um filtro de papelão e enrolou o beque com três ou quatro movimentos dos dedos, tipo um escultor dando o toque final num entalhe, e entregou o resultado na minha mão: um cigarro fininho e perfeitamente cilíndrico.

Passamos pra área externa, um terraço de piso de pedra clara. Fizemos uma rodinha, de pé, junto do parapeito e de frente pra uma vista dos morros da cidade; pontos de luz piscavam ao longe. Me passaram o beque. No terceiro pega, o Eric disse, 'É forte'. Tudo bem, eu pensei. Eu ia aproveitar o camarão e me chapar bastante. Traguei a fumaça e segurei o máximo que eu consegui.

Logo depois a minha cabeça ficou pesada. Antônio contou que ele e o Eric tinham tido uma discussão inteira dormindo, os dois sonâmbulos, e no dia seguinte acordaram sem saber se a conversa tinha de fato acontecido. Ou pelo menos foi isso que eu entendi. A gente ria e pulava de assunto em assunto sem que eu conseguisse me achar no tempo. Minha atenção ia e voltava. Chequei o celular pra ver se tinha alguma mensagem do Caíque. Por sorte ele não tinha mandado nada. Eu não queria ter que responder naquele nível de chapadeira.

'Ei', o Antônio disse. 'Topam entrar na piscina?'

Os dois olharam pra mim, como se entre eles já estivesse combinado.

'Eu não tenho roupa.'

'Eu te empresto', o Antônio disse.

Descemos até o quarto e ele separou três bermudas. Os dois ficaram no quarto, e eu fui me trocar no banheiro da suíte. Esperei um pouco antes de sair, e quando abri a porta, os dois estavam me olhando.

'Vamo subir?', eu disse, e subimos.

No terraço, subi a escada do deque de madeira e pus o pé na água, tentando localizar as protuberâncias da piscina na meia--luz. Fazia calor, a água estava quente, e o meu corpo também; achei curioso que meia hora antes eu estivesse de roupa. Antônio botou uma playlist de MPB pra tocar e chegou com cervejas e deixou elas no deque. Me sentei e observei os guris entrando na água. A piscina era grande o suficiente pra nós três.

Teve um momento de silêncio em que a sensação de peso na minha cabeça se espalhou pelo corpo. Fechei os olhos e tentei relaxar. Quando abri de novo e olhei pro lado, vi o Eric e o Antônio se beijando. Antônio ficou me observando com o canto do olho, como se o voyeur fosse ele, e não eu, que só tinha olhado pros dois por acidente. Antônio veio até mim e me deu um beijo. Então o Eric se enfiou junto e ficamos os três tentando encaixar os rostos num espaço pequeno. Decidimos sair da piscina, nos secar e descer.

No quarto o Eric viu o meu pau marcando e abaixou a minha bermuda. Deitei na cama e os dois se pelaram e vieram pra cima de mim. Tanto o Antônio quanto o Eric pareciam elétricos, me olhando como se eu fosse o terneiro novo no abatedouro deles. Eu queria estar menos chapado, pra não pensar tanto e ter mais tesão, ou mais chapado, pelo mesmo motivo.

Antônio me lambeu no pescoço, no peito, na virilha, e depois fez cócegas na minha barriga com a língua. Eu gemia de prazer e de pânico; era muito bom. Mas eu queria parar de ser o elemento central. Puxei o Antônio e pus ele no meu lugar. Lambi ele e ouvi o som difuso da música que vinha do terraço. Eric abriu a gaveta e pegou camisinhas e ficou vendo eu chupar o Antônio; ele gostou de ver a gente interagindo. Antônio estava mais verbal dessa vez, sem gemer, mas dizendo coisas como 'Aí', 'Isso', 'Caralho', e, também, 'Artur'.

A ideia de sexo a três sempre me pareceu excitante mas degradada, e era isso mesmo, mas de um jeito quase bonito, apesar da maconha. A gente pôs o Eric no meio, e aí teve beijo, pau com pau com pau, dois paus e uma boca, duas bocas e um pau, tudo com uma harmonia perfeita: a gente sabia a hora de trocar de posição, de se ajoelhar, de ficar de pé. Entramos num revezamento versátil, e parecia que ainda existiam muitas possibilidades. Talvez o ser humano tivesse sido criado pra fazer sexo a três, afinal.

Gozei junto com o Antônio, e o Eric gozou logo depois. A gente foi pro banheiro e ligou o chuveiro. A gente se olhava e ria.

Depois do banho, voltamos pro terraço. As cervejas tinham esquentado no deque, então pegamos outras e fumamos mais, e depois de um tempo o Antônio e o Eric estavam sorrindo e com tesão, e a gente falou em transar de novo, mas achamos muita mão.

12.

Cheguei em casa de madrugada, bebi um copo d'água e fui me deitar. Quando acordei no dia seguinte, às onze e meia da manhã, o Caíque já tinha saído pro treino. Toda a louça que eu tinha deixado na cozinha estava lavada. Às vezes ele demonstrava afeto desse jeito: lavando toda a louça.

Tomei café da manhã e me sentei no sofá, de cueca e camiseta de dormir, pra estudar o texto da apresentação. Eu nunca tinha feito um número em que a política estivesse em primeiro plano. Foi por causa do Caíque que consegui escrever o roteiro. Ele se inspirou nos videoensaios marxistas que ele via e montou pra mim quase que uma aula que associava os direitos das minorias com os acontecimentos recentes da política.

Tinha isso sobre o Caíque. Ele trabalhava no mercado financeiro e ao mesmo tempo queria fazer a revolução — em segredo. Eu não tinha conhecimento suficiente pra saber o que uma revolução significaria de fato; eu só tinha a impressão de que as coisas não vinham funcionando do jeito como estavam. Eu achava que certamente existia alguma alternativa melhor, apesar de não entender como isso impactaria a minha vida. Mas eu não me sentia em contradição, talvez por não ser exatamente apaixonado por esses assuntos, por ignorância ou desinteresse — por achar que eu não teria influência num mundo já lotado de gente. Por isso me dava um certo estranhamento acompanhar o Caíque trabalhando tanto pra aumentar o patrimônio de uns ricaços enquanto desejava a morte deles — por mais que eu soubesse que o Caíque também só queria ganhar dinheiro e melhorar de vida.

Ele chegou na hora do almoço, com roupa de academia, sem óculos, meia nos joelhos, e me deu um beijo suado. Preparou uma batida de whey com banana e perguntou se eu queria ajuda. Li o texto da apresentação em voz alta, pra ele me corrigir. Fizemos ajustes e depois preparamos o almoço juntos: feijão pra semana toda, mais o que tinha na geladeira. Ele não perguntou como tinha sido a noite anterior.

Depois da briga que eu tive com o Caíque, dividir a cama com o Antônio e o Eric tinha sido esquisito. Em alguns momentos, quando eu me dava conta de onde eu estava, eu me perguntava o que o Caíque diria se visse aquela cena, se me visse com os dois. Minha foda com eles foi cheia de contato visual e safadeza pura e sem limites. Essa mistura me lembrou o Caíque do começo do namoro.

Eu não entendia por que o Caíque era tão fixado na pira da dominação na cama, quando fora dela ele era tão querido e carinhoso. Esses extremos vinham ficando cada vez mais marcados. Por mais que a dominação também fosse uma forma de parceria, ela foi crescendo no Caíque a ponto de às vezes parecer que a gente não tinha mais intimidade.

Talvez o Caíque tivesse razão em se preocupar: o Antônio e o Eric me faziam questionar algumas coisas sobre o namoro.

De tarde, enquanto o Caíque lia na cama, comecei a me montar na penteadeira da sala um pouco mais cedo que o normal, pra ter mais tempo de estudar o texto. Fiz uma maquiagem simples: delineador leve e sombra azul-clara, contornos sutis. Usei o truque com laquê numa peruca loira pra obter o efeito de cabelo molhado.

Na hora de sair, o Caíque me desejou boa sorte.

'Tu vai passar lá?', eu perguntei.

Eu não queria que ele aparecesse no Workroom; os guris tinham dito que iriam. Com o tempo o Caíque passou a ir menos nas apresentações, até porque ele já sabia de cor o que eu ia fazer, e nessa noite ele ia jogar cartas com uns amigos da faculdade — mas eu precisava saber com certeza.

'Tu quer que eu vá?', ele perguntou.

'Não precisa. Curte lá. Depois me conta.'

'Beleza. Tu também.'

Chamaram o meu nome e eu subi no palco. Eu podia ver os bancos cor-de-rosa ao longo do salão e os espelhos contornados por lâmpadas nas paredes. Numa mesa no fundo do bar, o Antônio e o Eric sorriam pra mim. Abanei de longe e voltei a me concentrar, focando o holofote que me iluminava.

Perguntei se todo mundo lembrava em quem tinha votado nas últimas eleições, e então falei sobre a minha mãe. Quando eu era pequeno, ela dizia que a gente tinha que votar em quem lutava pela gente. Pensar na minha mãe me deixou mais tranquilo pra seguir. Falei de alienação, de acesso à cultura, de consciência de classe, uns conceitos que ficaram menos abstratos pra mim graças ao Caíque.

Me aplaudiram no fim. Não tanto quanto aplaudiram a drag que tinha feito um número de comédia logo antes, mas o suficiente, ainda mais pra um texto tão fora da minha zona de conforto. Desci do palco e fui na direção dos guris.

No caminho vi o Caíque entrando pela porta do Workroom.

Fiz contato visual com ele e por um momento fiquei sem saber pra onde ir. Os guris perceberam a minha indecisão. Fui até o Caíque.

'Amor', ele disse.

'Oi.'

'Perdi, né?'

'Por pouco.'

'Tu te apresenta de novo hoje?'

Ouvi uma voz atrás de mim.

'Então tu que é o Caíque?'

As últimas semanas tinham culminado naquele momento, nós quatro no mesmo espaço: Antônio e Caíque frente a frente, o Eric sentado no fundo do bar, eu de corpete e salto alto e uma peruca meio suada por dentro.

'Sentem ali com a gente', o Antônio disse.

'Esse é o Antônio', eu disse pro Caíque. 'E ali tá o Eric.'

'Ah', o Caíque disse. 'Certo.' Ele pareceu mais curioso que incomodado, olhando em volta e ajeitando os óculos. Fomos até a mesa deles. Os guris tomavam drinks laranja com rodelas de limão-siciliano.

Eric cumprimentou o Caíque com um beijo na bochecha. A gente podia agir como adultos, eu pensei. Qual o problema de apresentar o namorado pro casal com quem eu estava saindo? Os guris ficaram de um lado da mesa, nos bancos de estofado rosa, e eu e o Caíque do outro.

'Caíque', o Antônio disse, 'tu perdeu uma *aula*.'

Caíque levantou as sobrancelhas.

'Putz, que pena. Eu queria ter visto.' Ele olhou pro Eric e de novo pro Antônio, provavelmente reparando nos cabelos aparados e nas roupas de mauricinho. 'Mas eu sei bem como era o texto.'

'Ah, então tu é o homem por trás da mulher', o Antônio disse.

Caíque olhou pra mim, segurando o riso com bastante habilidade.

'Não, nem um pouco. A criatividade é toda dela.' Ele desviou do assunto pedindo uma gim-tônica. 'E o público, como reagiu?'

'Bem demais', o Antônio disse. 'O Artur prende a atenção de um jeito foda.'

'A Karma', o Eric disse, se manifestando pela primeira vez.

'Isso, a Karma. Ele cutucou na ferida de todo mundo e ainda ganhou aplausos.'

'*Ela* cutucou', o Eric corrigiu de novo. 'Na verdade deve ter cutucado só a *tua* ferida.'

'Mas sabe o que eu fiquei pensando?', o Antônio disse. 'Deixa eu fazer uma pergunta, não sei se pro Artur ou pra ti.' Ele se dirigiu ao Caíque. 'O Artur tá vestido de mulher, né? Ele tá usando uma saia e um monte de maquiagem pra ficar feminino. Mas — e me corrige se eu estiver falando merda — as mulheres não querem se livrar desse estereótipo?'

Caíque olhou pra mim sem expressão.

'Querem.'

'Pra mim, um guri com peitão falso mais atrapalha do que ajuda', o Antônio disse.

'Eu não tô usando peitão falso', eu disse.

Caíque tomou um gole do drink olhando pra nenhum ponto em particular e disse, 'Ele tá exagerando a maquiagem e as roupas — tudo que é considerado feminino — *de propósito*. Na verdade ele tá escancarando o gênero, né. Isso tá errado?'. Ele riu pra diminuir a tensão e olhou pro Antônio. 'Eu não sabia que tu era feminista radical. Mas bom saber.'

Antônio olhava pro teto. 'Eu só pensei alto aqui.' Ele fez sinal pra Melina, uma das garçonetes, e pediu outro drink. 'Pelo que eu entendi, tu trabalha num banco, Caíque?'

'Numa corretora.'

'Como que é isso de ser socialista e trabalhar num banco?'

'Antônio', o Eric disse.

'O quê? Ah, numa *corretora.*'

'É', o Caíque disse. 'Tem esse dilema. Eu trampo pra um pessoal bem podre, o setor menos produtivo de todos. Mas tô ganhando o meu pão. No mais, é isso. Trampo pra um bando de rico ficar mais rico.'

'Pra eu poder fazer drag', eu disse, tentando acalmar a conversa. Eu estava tonto e queria ir pra casa. 'A gente usa o dinheiro dos caras pra fazer showzinho antissistema.'

'O Artur me disse que tu é programador', o Caíque disse pro Antônio. 'Bem pró-sistema, então? A galera da tecnologia não é podre também?'

Antes que o Antônio pudesse responder, o Eric arregalou os olhos pra mim e disse, 'Ah, tem gente babaca em tudo que é profissão. Ainda mais pra quem é médico'. Agradeci mentalmente o Eric por puxar o assunto pra ele. 'Tu tem que atender qualquer paciente que chega lá. Não pode fazer distinção.'

'Tu quer dizer — quando vem um homofóbico, neonázi e pá?', o Caíque perguntou.

'Tipo isso.'

Esperei uma intervenção do Antônio, e ela veio:

'Tu acha que deveriam deixar esse tipo de gente morrer?'

Caíque ficou sério. 'Não. Não num hospital.'

'Mas tu acha que eles *mereciam* morrer?'

'Não sei', o Caíque disse.

Antônio olhou pra ele sem dizer nada e tomou um gole do drink vermelho. Por sorte anunciaram a próxima queen. Depois da performance, o Antônio se levantou e pediu pra trocar de lugar comigo. Não era uma boa ideia, mas não tive força pra dizer não. Ele se virou pro Caíque e os dois começaram a conversar, e eu fiquei falando com o Eric, mas prestando atenção na conversa dos dois. Ouvi algumas palavras, como, 'Certo', 'Feitoria', 'Tranquilo', e, 'De boas'.

Meu aniversário foi no dia seguinte. As pessoas que sabiam da data eram o Caíque e o meu tio, que me ligou. Volta e meia ele ligava do Paraná pra perguntar se estava tudo bem. Da última vez ele tinha se oferecido pra pagar a retirada dos meus sisos, que já me começavam a doer. Como o meu tio tinha grana, ele sentia que me devia alguma coisa, e por isso eu não tinha mais sisos. Mas dessa vez ele só me deu parabéns mesmo.

Eu e o Caíque almoçamos as sobras do dia anterior, e então ele sugeriu uma volta na praça dos Açorianos. Preparamos um mate e fomos andamos até a João Alfredo.

'Bah, e aquele casal?', ele disse. 'Eu tinha imaginado eles diferente.'

'Como?'

'Mais certinhos, eu acho. O Eric até que é. O Antônio não.'

'O Antônio tava insuportável.'

'Tava.'

'E a situação toda foi um caos.'

'É. Eu não sabia que eu ia encontrar os dois lá, né. Mas pelo menos o Antônio pediu desculpa.'

Andamos mais umas quadras e o Caíque disse:

'Mas a gente vai tirar de letra isso aí, tu vai ver.'

Atravessamos a rua enquanto eu tentava interpretar aquela frase. Caíque não disse mais nada, e nem eu.

Na praça tomamos mate e assistimos a dois bebês brincando perto de nós. Compramos churros e nos sentamos na grama pra olhar as pessoas, e depois fomos pra casa. Tomamos banho e transamos. Na hora de deitar, o Caíque perguntou se eu podia escovar os dentes dele — fazia tempo que ele não pedia isso; era uma besteira que ele me pedia no início do namoro —, e eu escovei, e ele riu, o que dificultou a escovação. Depois ele se enfiou debaixo do lençol e me chamou, dizendo, 'Que frio. Vem logo. Tá muito frio'. Mas não estava frio.

No dia seguinte, quando eu saí de casa, o carteiro estava na frente do prédio com uma carta pra mim. Pelo envelope não era conta de luz nem nada assim. Carlos Henrique, estava escrito no remetente. Ele tinha mandado por correio uma carta pro endereço onde ele mesmo morava.

Artur, teu aniversário é domingo, e não sei quando essa carta vai chegar, mas quero que tu saiba que eu penso em ti todos os dias. Tenho saudade quando a gente não tá juntos (agora). Hoje de manhã tu descascou uma manga e a gente comeu com iogurte e granola. A gente nunca tinha comido manga nem granola juntos, e foi perfeito. A gente comeu manga e o meu dia foi bom porque eu continuei pensando em ti. Nada de mais, né, só manga com granola, mas essas coisas são legais contigo. Os meses passam e eu não consigo parar de pensar: é estranho. A gente tem muita sorte.

13.

Eric tirou a semana acadêmica pra ver a família em Camaquã, e o Antônio me chamou pra dar um rolê na casa dele na quarta-feira, numa noite de chuva fina. A bem da verdade, fazia meses que eu não tinha um momento a sós com o Eric. Ele agia de um jeito contido perto do Antônio; ficava confortável só até certo ponto. O Eric confiante que tinha transado comigo num carro simplesmente desaparecia. No lugar dele surgia o Eric de antigamente, um guri de poucas palavras.

Antônio abriu a porta de cabelo molhado, bermuda de academia, camiseta com a estampa desbotada de um panda. Ele me recebeu com uma cerveja na mão, dizendo que estava cansado depois de um dia de trabalho intenso e que precisava relaxar. Na sala de cima, abrimos um catálogo de filmes por streaming e escolhemos *Top Gun*. Na metade do filme o Antônio pausou pra ir no banheiro, depois de várias cervejas. Aproveitei pra ir também. Antes de apertar o play, ele disse:

'Desculpa pelo sábado. Passei dos limites com o Caíque.'

'Jura. Eu nem sabia que ele ia. E ele não sabia que vocês iam.'

'Posso te falar uma coisa?'

'Pode.'

'Eu dei uma surtadinha na hora. Eu vi que o Caíque te conhecia bem melhor do que eu. E — me excedi um pouco.' Antônio olhou pra mim, tentando captar a minha reação, e depois desviou o olhar. 'Só que eu me botei no lugar dele também. Eu lembrei de como foi ruim descobrir que o Eric tava passando por cima do nosso combinado.' Antônio não mencionou, claro, que o Eric tinha feito isso comigo.

'Acho que o Caíque tá levando numa boa. Ele gostou de ti.'

'Gostou nada.'

'Ele me falou.'

Antônio bebeu o resto da longneck num gole. 'Pra te agradar.'

'É só tu ir mais na manha, né, Antônio.'

'Eu sei', ele disse, e apertou o play.

Depois do filme, o Antônio pediu comida pelo celular e perguntou se eu queria dormir com ele. Eu disse que sim.

O dia amanheceu sem nuvens na quinta. Antônio saiu bem cedo, e eu preparei ovos pra mim e peguei um ônibus pro trabalho. Na rua fazia calor como se tivesse uma lupa entre o sol e eu, fazendo todo o líquido do meu corpo sair pelo sovaco.

Na livraria, recebi uma mensagem do Antônio. Ele me chamava pra ir dormir lá de novo. *O eric ta longe ainda*, ele dizia.

Entao eu sou o substituto?

Sim.

No dia anterior eu já tinha avisado o Caíque que não ia dormir em casa. Agora eu estava fazendo isso de novo. Rascunhei a mensagem algumas vezes e só depois enviei. A resposta do Caíque foi:

Trankilo, gurizin.

Depois do trabalho, parei numa farmácia e comprei uma escova de dentes. O calor seguia ofensivo, mesmo no fim da tarde, quando peguei um busão pra casa do Antônio.

Um pop torto e distorcido tocava na caixa de som quando cheguei, e o ar-condicionado fazia do apartamento um oásis polar no meio do deserto. Fui direto pro banho, e o Antônio me emprestou roupas leves.

Então ele me convidou pra jogar canastra no balcão da sala de cima. Antônio tinha uma toalha de mesa verde, dessas de jogar cartas. Eu não jogava canastra fazia anos, desde quando os meus avós e a minha mãe eram vivos — a gente passava as noites de sábado jogando, em geral a minha avó e eu contra o meu vô e a minha mãe. Gostei que o Antônio tivesse pensado em algo diferente pra gente fazer. Tive bastante sorte na primeira partida; minha mesa terminou cheia de jogos, e o Antônio ficou agonizando com poucas cartas na mão. Ele se frustrou quando contamos os pontos e nem quis continuar. Ele disse que precisava relaxar um pouco.

'Vamo pro quarto?', ele perguntou.

Descemos e fudemos de um jeito barulhento e cheio de intenção, em cima da colcha. Depois ficamos deitados e eu tirei uma soneca. Quando acordei, o Antônio perguntou qual era o meu maior sonho, o que eu mais queria na vida. A gente estava de barriga pra cima, se enxergando só pela visão periférica, com a luz suave de uma luminária.

'Tu diz sonho de vida?'

'É, tanto faz.'

'Não sei', eu disse. 'Qual o teu?'

'Casar. E morar junto, numa casa. Talvez com um cachorro.'

'Com o Eric?'

'É o ideal.'

Engoli saliva. 'É um sonho bem ok', eu disse.

'E qual o teu?'

O ar-condicionado parou de fazer barulho, e o silêncio ficou evidente.

'Acho que eu não tenho um *sonho* assim.'

'Onde tu quer chegar fazendo drag?'

'Hm, não sei. Eu vou dando um passo de cada vez. Não faço drag pra *chegar* em algum lugar.'

'E tu não pensa em voltar pra faculdade?'

'Ah, agora já foi.'

'Por que tu largou?'

'Eu tinha que trabalhar.'

Antônio refletiu sobre isso.

'E teus pais? Eles não querem que tu volte pros estudos?'

Senti um vazio esquisito. Percebi que, mesmo depois de vários encontros, eu ainda não tinha contado pro Antônio que a minha mãe tinha morrido, e ele também não tinha perguntado nada sobre a minha família.

Eu disse que a minha mãe tinha morrido logo depois que eu entrei pra universidade, e que os meus avós tinham morrido antes dela.

'Entendi. Meus sentimentos.'

'Tranquilo.'

'E o teu pai?', ele perguntou.

'Meio que nunca tive contato.'

'Ele abandonou a tua mãe?'

'É.'

'Durante a gravidez?'

'Logo depois que eu nasci.'

'Que merda.'

'É.'

'E tu nunca sentiu falta dele?'

'Não muito. Eu tinha a minha mãe, os meus avós.'

'Eles sabiam que tu era gay?'

'Meus avós, não. Minha mãe acho que sabia. Mas nunca cheguei a contar.'

'E tu nunca pensou em ir atrás do teu pai?'

'Não.'

Antônio não fez mais perguntas, e eu também não falei mais nada. Eu sabia que o pai do Antônio era dono de 'uma financeira' e que a mãe era arquiteta e socialite e que o irmão gêmeo dele era hétero e meio riponga e que o Antônio tinha uma relação fria com todos eles. Já os pais do Eric eram um casal tradicional do interior, tipo os pais do Caíque, só que conservadores, médicos, e o Eric, além de ser filho único, era o único primo homem numa família grande que se reunia nos fíndis pra churrascos de fogo de chão em Camaquã. Os dois tinham famílias estruturadas, mesmo que não fossem perfeitas.

Eu tinha o Caíque. Minha família era o Caíque.

14.

Na sexta-feira fui de novo direto do trabalho pra casa do Antônio. Não falei nada pro Caíque, e ele, quando chegou em casa, mandou uma mensagem perguntando se eu estava bem. Meu celular sugeriu três respostas automáticas: *Sim, Sim, e você?* e *Tudo ótimo, amor.* Parecia que o celular tinha sido programado pra ser cúmplice na minha escapada. Escolhi a última opção. Talvez ficasse um clima estranho, eu sabia, mas eu queria aproveitar o tempo com o Antônio, que estava sendo de fato muito bom.

Lá pela uma da manhã, decidimos fuder pela segunda vez, e ele foi até o armário e abriu uma gaveta que ficava bem no alto. Jogamos um par de dados que combinavam verbos com partes do corpo. Às vezes os resultados eram inusitados, coisas como massagear os lábios, morder o pescoço, e tentamos não pular nenhum.

Tomei café com o Antônio no dia seguinte, um sábado, e voltei de ônibus pra casa. Tentei enfiar a chave na fechadura sem fazer barulho, mesmo sabendo que naquela porta era impossível. Entrei e vi a cozinha limpa, o escorredor vazio, o chão sem poeira, a janela aberta. Caíque estava meditando de pernas cruzadas no chão da sala, de regata e cueca. Ele abriu os olhos e sorriu pra mim.

'Desculpa, quem é tu? Acho tu que entrou no apartamento errado.'

Eu estava exausto por ficar tanto tempo longe de casa. Parecia que eu tinha recém voltado de uma viagem. Caíque seguiu sem fazer perguntas, felizmente.

De tarde, como eu me sentia em dívida com o Caíque, espelhei na TV o vídeo pornô de um ator que a gente acompanhava. Ele era muito branco e bombado e tinha um ombrão e uma barriga com gominhos, cabelo estilo militar, e falava de um jeito meio cafajeste que eu suspeitava ser uma das inspirações do Caíque na hora do sexo. A gente se beijou e tirou as bermudas e assistiu ao vídeo. O ator interpretava um entregador de pizza que batia na porta de um cara e dizia, 'Não vamo fingir que eu vim entregar pizza, né, seu puto'. Rimos disso e depois voltamos a prestar atenção e ficamos muito sérios.

Outro vídeo carregou automaticamente na sequência. Não era pornô, e sim uma entrevista com esse mesmo ator. Ele estava só de cueca na cama, do lado de um repórter. O ator respondia às perguntas bem à vontade. Ele disse que fazia exames regularmente e que usava remédio pra impotência em todos os vídeos. Contou também que era hétero e que, desde que entrou no mundo pornô, percebeu que tinha muito potencial no nicho gay, ainda que não gostasse de transar com homens; ele via aquilo só como um trabalho, e se considerava, acima de tudo, um ator. A esposa apoiava o trabalho dele, porque desde então os dois tinham melhorado de vida e finalmente puderam pensar em ter filhos. Ele disse que antes de trabalhar como ator, tinha tido uma experiência horrível quando chegou na cidade grande, e que loucuras tinham passado pela cabeça dele. Só agora estava conseguindo realizar os sonhos antigos.

Virei pro Caíque, pra absorver aquelas informações junto com ele, e percebi que ele estava chorando. Deixei escapar uma risada que primeiro foi só uma respiração e depois virou uma risada mesmo.

Caíque tinha uma relação engraçada com o choro, isso desde pequeno. Na escola, ele era amigo das gurias e gostava de brincar de mamãe-e-filhinha. Além disso, ele era chorão. Os guris da turma começaram a zoar o Caíque, e com isso ele chorava ainda mais. Caíque acabou introjetando que deveria gostar de coisas de menino e passou a jogar futebol e a falar 'meu' e a engolir o choro. Ele já tinha me contado essas histórias algumas vezes, e eu não conseguia deixar de pensar que aquele jeitão do Caíque tinha a ver com medo. Quando a gente começou a namorar, eu achava curioso que ele gostasse de ver campeonatos de luta na TV. Eu não conseguia imaginar o Caíque brigando de soco com alguém, mas ele era tarado por lutas, e os momentos em que ele chorava de verdade, de cair lágrima mesmo, eram os nocautes. Era como ele mostrava a própria sensibilidade.

Me chamou atenção aquele choro silencioso descendo pela barba, refletindo o brilho da TV que mostrava a entrevista com um ator pornô.

'Que que houve, Caíque?'

Ele me olhou sério e disse, 'A história dele é linda. Vai dizer, tu não acha?'.

'É, acho', eu respondi, com vontade de rir. Caíque falou tão sério que me dei conta de que a história era linda mesmo. Era uma história bonita. Pensei em chorar também, e quase chorei, mas não consegui.

* * *

Na manhã do dia seguinte, um domingo, o Eric mandou mensagem dizendo que estava voltando pra Porto Alegre e queria recuperar o tempo perdido. Mas eu precisava descansar.

Caíque entrou comigo debaixo do chuveiro e me ensaboou pra me deixar com tesão. Eu já estava cansado de sexo, mas cedi. Fomos pro quarto, e pela primeira vez em muito tempo ele transou comigo sem nada de cuspida ou agarrão ou xingamento. Ele me comeu com bastante jeito, com delicadeza até, como se só do pau dele entrar em mim já fosse tesão suficiente.

Almoçamos num restaurante a quilo e depois passamos numa confeitaria e escolhemos uma torta num balcão de vidro gelado e dividimos uma fatia. Demos umas voltas e passamos na frente de um cinema. A gente escolheu uma comédia chilena e riu de se estrebuchar. Depois caminhamos até a Lancheria do Parque e pedimos um suco de laranja. Nos acomodamos no fundo, na única mesa vazia, e sentamos de frente um pro outro. O barulho das pessoas conversando ecoava pelos azulejos cinzentos, e os garçons pareciam bem atucanados, mas não demorou pra chegar o nosso suco dentro de um copo de liquidificador.

'Tu sumiu essa semana, né?', o Caíque disse.

'Sumi?'

'Sumiu.'

'Desculpa.'

'Eu fico com saudade, pô', ele disse, juntando as sobrancelhas. 'Meu namorado agora simplesmente desaparece.'

'Bom', eu disse. 'Se ele desaparece mesmo, a gente podia aproveitar, né. Eu e tu.'

Ele sorriu.

'Bah, certo. Mas e o *teu* namorado? Não tem perigo dele descobrir?'

'Nada', eu disse, fazendo um gesto com a mão. 'Fica tranquilo.'

'Beleza. Então teu cu tá na reta.'

'Que delícia.'

Caíque deixou escapar uma risada.

'E esse teu namorado é gato?', ele perguntou.

'Tu é muito mais', eu respondi. 'A gente vai aproveitar, tu vai ver. E ele nunca vai ficar sabendo.'

Caíque riu, depois deu um suspiro e pegou o copo de suco, mas largou de novo antes de tomar. 'Tá, não sei se eu quero continuar com essa brincadeira em que eu sou o amante e o namorado corno ao mesmo tempo.'

'Ah', eu disse. 'Ok.'

E a nossa conversa terminou assim.

15.

A semana seguinte começou com um calor que emanava do asfalto. Resolvi que naquela semana ia ficar em casa com o Caíque e dar uma atenção especial pra ele depois do trabalho. Foi o que aconteceu na segunda-feira: ele chegou em casa cansado no fim do dia e a gente se chupou. Mas na terça, quando acordei sozinho como sempre, peguei o celular e vi mensagens do Antônio:

Tá, uma ideia. Já faz um tempo que to a fim de levar tu e o eric pra passar um fíndi no sítio, lá tá sempre vazio. E se a gente convidasse o caíque também?

Respondi que nem a pau. Era uma péssima ideia.

Tomei café e fui andando pro trabalho. Eu estava feliz por antecipação: naquele dia ia pingar o salário, e a minha conta ia passar de quase zero pra um número de quatro dígitos. Passei pela perimetral e andei pelas ruas de dentro, pra pegar a sombra das árvores, e fumei um cigarrinho. Quando eu estava na quadra da livraria, o Caíque me mandou uma mensagem:

Teus boys tao me chamando p um fim de semana com vcs.

Q??, eu respondi, enquanto caminhava. *Como pegaram teu contato?*

Cataram meu perfil, na certa.

Nossa. Falei pra eles não fazerem isso. Desculpa. Foi o antônio, né?

Foi.

Fervi de raiva com a ideia de que o Antônio tinha feito aquilo sem a minha permissão, e cheguei na livraria tonto e suado. Chequei o celular durante todo o expediente, e a Sabrina e a Ângela perceberam a minha tensão — a Sabrina ficou curiosa, e a Ângela meio desconfortável. O combinado era só usarmos o celular se não tivesse nenhum cliente por perto, e eu estava desrespeitando a regra. Decidi focar em biscoitos e empadas e louças. No fim a tarde passou sem mensagens novas.

De noite eu estava no sofá comendo um prato requentado de arroz e feijão e pagando a conta da internet quando o Caíque chegou. Ele esquentou a comida no micro e se sentou do meu lado. Primeiro contou como tinha sido o dia dele, depois quis saber do meu, e quando o assunto terminou, perguntou se eu iria pro sítio no fim de semana.

'Não sei. Não pensei nisso ainda.'

'Qual que é o lance lá?'

'Só sei que é o sítio da família dele.'

Suspeitei que o Caíque estivesse considerando a possibilidade de se enfiar num sítio com o Antônio e com o Eric e comigo por um fim de semana inteiro, mas preferi não incentivar a ideia. Não tinha como aquilo ir pra frente.

Na noite do dia seguinte, eu estava no quarto, mexendo no celular, e o Caíque ouvia música na sala, entoando um canto desafinado, quando o Antônio criou um grupo com nós quatro, pra organizar o fim de semana. A imagem do grupo era um palhacinho com a inscrição: *Venha se drogar com a gente. Proibido faltar.*

Fui até o Caíque e fiz sinal pra ele tirar os fones. Com o celular na mão, perguntei que porra estava acontecendo. Caíque ajeitou os óculos e viu a descrição do grupo na tela.

'Tu já ia passar o fim de semana com eles, de qualquer jeito', ele disse.

'Quem disse?'

'Tu ficou fora a semana passada toda.'

'Mas essa agora eu ia passar contigo.'

'Pô, Artur. Eu confesso que eu achei o convite meio absurdo mesmo.'

'Justamente.'

'O Antônio veio com um papo de todo mundo conviver bem, fim de semana, piscina, alquinho.'

'Até parece.'

'Mas pelo menos eu vou tá lá contigo.'

'Caíque, eu posso não ir. É só eu não ir.'

'Mas tu tá sempre com eles.'

'Nem *sempre*.'

'Vamo fazer assim, ó', ele disse. 'Eu vou. A gente passa um fim de semana de casal, eu e tu, e aí eu conheço eles melhor. Pô, tu já sumiu semana passada. Não vou ficar noiando. Eu vou junto.'

'Isso vai dar merda.'

'Por quê?', ele disse, de um jeito sarcástico e sério ao mesmo tempo. 'Quatro viado num sítio por dois dias?'

'Isso soa quase tão ruim quanto eu imagino.'

'Capaz de ser tri.'

'Não vai ser tri', eu disse. 'Até porque a gente não vai.'

Os guris passaram na frente do nosso prédio na sexta de tardezinha com a caminhonete branca e enorme do Antônio. Um vento quente cortava a luz alaranjada dos últimos raios de sol. Antônio e Eric desceram do carro pra nos ajudar com as mochilas. A cachorreira estava lotada de malas e compras de súper.

A gente se sentou atrás, no banco de couro claro. Eric dirigia e o Antônio ia no carona, regendo uma playlist de R&B num computador de bordo. Caíque estava de regata, short de laicra e chinelo, enquanto os guris usavam tênis, camiseta, bermuda social. A interação no começo foi truncada. 'Tudo belezinha?' 'O que vocês querem ouvir?' 'E esse sítio, hein?' 'Trouxeram roupa de banho?' 'Vai ser muito afudê'.

Fomos em direção à saída da cidade. Em algum momento o Antônio se virou e disse:

'Vocês já tomaram cogumelo?'

'Cogumelo?', o Caíque perguntou.

'Não é champignon', o Eric disse. 'Nem funghi.'

'Isso fazia parte do convite?', eu perguntei. 'Achei que era só maconha.'

'É que lá é perfeito pra um cogu', o Antônio disse. 'Tu já tomou, Caíque?'

'Não sou muito das drogas. Só álcool e café.'

'A gente tá levando uma porrada de álcool e café', o Eric disse.

'Vou ficar de boas então.'

Perguntei qual era o efeito dos cogumelos.

'Te deixa bem', o Antônio disse. 'Bem demais, na verdade. É uma brisa bem intelectual. Quando eu tomo, eu começo as frases com, "Se tu parar pra pensar —". E eu me conecto bastante com a natureza. Tem chance de eu ver uma cobra no mato e querer fazer carinho nela.'

'Eu topo', eu disse. 'Se o Caíque não se importar.'

'Capaz. Te diverte.'

'Não te preocupa, Caíque', o Antônio disse. 'Vai ter diversão pra todo mundo.'

'Ah, massa', ele respondeu. 'Vou cobrar.'

* * *

Fomos conversando no caminho, passando por uma rodovia movimentada e depois por uma estrada de chão vazia, quando já estava escuro. A gente ia se afastando da cidade, dobrando em bifurcações, sentindo o ar cada vez mais limpo entrando pela janela, e a música nos relaxava. Caíque olhava em volta e fazia sinais pra mim, apontando pras casinhas no caminho e perguntando se a gente já estava chegando; eu não fazia ideia. Depois de meia hora de estrada de chão, paramos na frente de um portão alto de ferro. Antônio desceu do carro pra destrancar o cadeado.

A lua e as estrelas iluminavam tudo. Não dava pra saber onde terminava a propriedade da família do Antônio. A cerca em volta do terreno ia pra além da vista; na parte de dentro, só vi uma estradinha subindo uma colina.

Passamos de carro pelo portão. Antônio trancou o cadeado e embarcou de novo. Eric dirigiu pela estradinha margeada de árvores, subindo a lomba que em poucos minutos nos levou até o topo. Então vimos a casa.

Caíque me deu uma cotovelada de leve. 'É *essa?*', ele fez com os lábios. 'Deus o livre.'

A casa era enorme, tão exageradamente grande que quase me senti impedido de sentir inveja. Seria tipo invejar a beleza de um quadro, de uma cachoeira, de uma baleia. Eu nunca teria aquilo, e tudo bem.

Estacionamos na parte de trás da casa. As janelas iam do chão ao telhado, ou quase. Os tijolos à mostra pareciam novos em folha, mas a casa cheirava a dinheiro antigo.

Descarregamos o porta-malas e entramos pelos fundos, dando direto numa cozinha americana que não combinava com o cenário rural. Dei uma boa olhada, enquanto a gente guardava as comidas na geladeira e na despensa. O balcão, que ocupava o centro da cozinha, era de uma pedra branca e grossa, provavelmente mais cara do que todos os meus bens somados. Os armários aéreos de madeira e vidro guardavam panelas de cerâmica, e abaixo deles, em barras de metal, ficavam pendurados utensílios de inox escovado.

'Legal a cozinha', eu disse.

Antônio sorriu. 'Minha família curte essas coisas. Querem ver os quartos?'

Ele e o Eric foram na frente. Passamos por uma sala de estar enorme, talvez umas dez vezes o tamanho do nosso apartamento, com paredes de tijolo, janelas em todo canto, pé-direito alto, uma lareira no meio. A sala era um labirinto de biombos, colunas, degraus que levavam a níveis diferentes do piso. Dava pra ver que a família do Antônio era viciada em vasos, cômodas, mesinhas — e mais sofás de couro do que fui capaz de contar numa olhada rápida.

No corredor tinha um tapete verde-oliva longuíssimo e várias portas. Paramos na primeira. Antônio disse pra gente se acomodar naquele quarto e seguiu com o Eric até o fim do corredor, onde ficava a suíte maior.

A gente abriu a porta e de repente eu me senti muito feliz: eu nunca tinha dormido num quarto que nem aquele — uma suíte com carpete macio e papel de parede de tecido cinza e branco, recheada de tudo que a gente poderia querer: frigobar, ar-condicionado split, TV grande, armários embutidos e uma sacada com vista pra um vale rodeado de colinas. A cama era alta e larga e coberta por lençóis talvez nunca usados, e quatro toalhas dobradas esperavam a gente no balcão do banheiro.

'Artur', o Caíque disse. 'Tem aquecedor de piso.'

'Não pode ser.'

'Surreal, né?'

'Alguém passou aqui pra arrumar tudo antes?'

'É óbvio. Olha o tamanho desse latifúndio. Tem gente que trabalha pra eles, certo.'

Fiquei pensando na ideia de ter gente trabalhando pra mim. Gente passando as minhas roupas e arrumando a casa quando eu não estava olhando. Eu nunca tinha sonhado com aquele nível de riqueza — eu pensei —, mas não me importaria de usufruir dos confortos do Antônio só por um fim de semana.

Fomos pra cozinha preparar um prato tailandês, ideia do Eric. Pensei que seria um rango chique, mas era só miojo com legumes e carne e amendoim. Fiquei responsável por cortar os legumes e a carne, enquanto o Caíque picou a cebola e o alho e pôs a mesa. Antônio preparou a massa; Eric, o molho e as frituras, e depois juntou tudo.

No canto da sala ficava uma dessas mesas de jantar imponentes e compridas com uns vinte lugares. Ocupamos uma extremidade. Me sentei na ponta.

Fizemos um exagero de massa, mas já na primeira garfada, quando eu senti o coentro e o limão e a pimenta, desejei que a gente tivesse feito mais. O cheiro da comida se misturava com o de banho tomado.

Na minha direita, Caíque comia sem parar, enquanto eu elogiava a massa pro Eric. Do outro lado, senti o calor da perna do Antônio contra a minha. Os pelos dele encostavam nos meus pelos, depois desencostavam e encostavam de novo. Levei um choque, provavelmente por causa do tapete.

Essa harmonia bizarra se quebrou quando o Antônio disse pro Caíque, 'Gostei do papo que a gente teve no Workroom, sabe'.

Engoli um pedaço de frango e fiquei imóvel.

Antônio perguntou se o Caíque tinha uma atuação mais direta na política. Caíque ergueu as sobrancelhas e respondeu que participava do coletivo negro de um partido de esquerda. Ele pegou leve: explicou por que militava no partido e devolveu a pergunta. Antônio sorriu entre uma e outra garfada e disse que não se envolvia muito, mas que se considerava um desenvolvimentista. 'Prefiro as reformas, sabe. Sem que acabe tudo.'

'E eu imagino que com "tudo" tu quer dizer o sistema', o Caíque disse.

Antônio olhou pra mim e depois pra um ponto fixo no fundo da sala.

Eu desencanei. Preferi não me meter. Eu já estava cansado de ficar tenso com a conversa dos dois. E eu também não tinha um lado naquela discussão. O que o Antônio falava me parecia sensato, ainda que eu não soubesse o que significava 'desenvolvimentista'. E, mesmo que eu soubesse, aquela discussão parecia mais uma briga de egos do que qualquer outra coisa.

Por que eu tinha deixado aquele fim de semana a quatro acontecer?

Pelo prazer masoquista de ver no que ia dar? Pra pôr o meu relacionamento em teste, tipo Antônio e Eric? Ou porque a ideia daquela junção me deixava ansioso, mas também me provocava uma certa euforia — e um pouco de tesão?

Eu sentia como se estivesse deitado nos trilhos de um trem. E como se de cada lado viesse um trem na minha direção. E como se o medo e a excitação me paralisassem em cima dos trilhos.

A voz do Eric me trouxe de volta pro jantar. Ele disse, num tom de voz baixo, que as coisas iriam mudar um dia: se não pela crise do clima, então pela revolução, o que acontecesse antes.

'Eu até concordo', o Antônio disse, pra minha surpresa, mas não continuou a frase.

Caíque devia estar rindo por dentro: o Antônio estava encurralado na própria casa de campo falando da revolução. Antônio não levou o assunto adiante, só tomou uns goles barulhentos de vinho enquanto ajeitava o cabelo pro lado.

A massa acabou e afastamos as cadeiras da mesa pra poder cruzar as pernas. Tomamos vinho e falamos sobre o apocalipse.

Depois a gente falou sobre orgasmos. Eu disse que já tinha transado com um cara que sempre berrava na hora do orgasmo, e por isso eu ficava conscientemente quieto quando gozava; o Eric disse que imaginar o jeito como as pessoas gozavam podia ser um exercício de empatia. Caíque disse que o orgasmo aproximava os humanos do transcendental, assim como o pós-gozo fazia a gente pensar na morte, e o Antônio disse que estava na hora da gente fumar um beque bem gordo.

16.

Antônio nos levou por uma escada até um andar subterrâneo que até então eu nem imaginava que existia. Tentei aprender sobre a família do Antônio olhando em volta, que nem nos videogames de mistério que eu jogava com o irmão do Caíque. A casa, além de parecer um labirinto, exibia uma mistura de moderno e familiar, objetos caros e outros de valor sentimental: uma flauta doce, um quadro bordado, um cavalinho de balanço. Passamos por um corredor e fomos dar num salão de jogos, e quando o Antônio ligou as luzes senti que eu tinha descido pros anos 70 — piso de madeira, sofás de vinil verde, paredes de tijolo envernizado. As prateleiras na parede mostravam baralhos, dados, tabuleiros, e uma mesa de sinuca preenchia um canto do salão. Era difícil saber como a família do Antônio tinha trazido aquelas coisas pro meio do nada. O jeito como eles pareciam lidar com tanto espaço era entupindo a casa de coisas — e mesmo assim ela ainda parecia meio vazia, de tão grande que era.

Antônio ligou uma vitrola e pôs um rockzinho antigo. Caíque foi direto pra mesa de sinuca e tirou a capa de couro sintético, passou giz nas mãos e nos tacos. Fiz dupla com o Eric. Eu era um desastre jogando, e isso ficou óbvio logo de cara. O sorriso do Eric se desfez quando eu não consegui acertar o triângulo na primeira tacada. Antônio e Caíque ganharam em menos de dez minutos.

Eric e eu deixamos os dois jogando e abrimos uma porta de correr no fundo do salão que dava num terracinho de pedra escura, rodeado de arbustos que se mexiam com a brisa. O céu estava aceso por uma quantidade anormal de estrelas. A lua iluminava o vale, e eu pude ver a piscina lá embaixo, perto de uma quadra de tênis. Nos sentamos num banco de madeira. Só de camiseta, comecei a achar que eu ia sentir frio.

'Até que eles tão se dando bem', o Eric disse.

Soltei uma risada pelo nariz, concordando no automático.

Saquei o maço de cigarros e estendi pra ele. Eric recusou e disse que a noite pedia erva. Ele pegou uma caixinha de metal do bolso e de dentro dela tirou um beque enroladinho. 'Tu faz as honras', ele disse. Acionei o isqueiro amarelo-néon do Eric e acendi o beque. Ouvi o som do fogo, da seda queimando, e a fumaça entrou pelo meu pulmão. Dei dois pegas.

Eric comentou que o bom do sítio era que ali mal pegava o sinal do celular. Quando ia pra lá, o Eric passava o fim de semana sem notificações. Era uma oportunidade, ele disse, pra 'curtir os momentos ao vivo', aqueles que a gente ia lembrar no futuro.

Aquilo me pareceu uma baita clichezada, mas não me importei. O cabelo do Eric caía até o meio da testa, e ele me olhava com uma malícia leve, como se tivesse esquecido que os guris estavam ali perto.

No dia seguinte ao meu reencontro com o Eric, quando a gente transou no carro, depois de cinco anos sem se ver, passamos o dia trocando mensagens. Falamos sobre sexo, namoro, carreira. Perguntei se ele acreditava que só ia ter um grande amor na vida, e ele me respondeu com um áudio de seis minutos. Eu estava no meio do expediente, e disse que ia ouvir quando chegasse em casa. Passei o resto do turno pensando no áudio — não tanto no conteúdo, mas em poder ouvir a voz dele e saber que ele queria dividir alguma coisa comigo.

Isso foi antes do Antônio descobrir que a gente estava se vendo. Todos os meus reencontros com o Eric desde então começaram a ser filtrados pela personalidade insaciável do Antônio.

Lá do salão, o Antônio disse, 'Tá rolando festa sem a gente?'.

Ele largou o taco na borda da mesa, veio até o terracinho e ficou de pé, do lado do banco de madeira. Caíque veio atrás e se encostou na porta de vidro.

'Tu não ia ter chance comigo se tu não fosse tão maconheiro', o Antônio disse pro Eric.

'Eu nunca nem tinha fumado quando a gente se conheceu, Antônio.'

Eric passou o baseado pro Antônio, que depois de dar dois pegas perguntou se o Caíque também queria.

'Ele não curte', eu disse.

'Nem abrindo uma exceção?'

'Deixa ele, Antônio', o Eric disse.

'Pode deixar que eu mesmo decido', o Caíque disse, sorrindo pra mim e depois pro Antônio. 'Já fiquei meio noiado algumas vezes fumando. Mas hoje dá pra abrir uma exceção.'

Fazia dois anos que o Caíque tinha usado maconha pela última vez. Na festa de um amigo, ele fumou mais do que devia e começou um monólogo sobre a crise econômica. De repente ele não sabia mais se tinha escolhido a profissão certa e não conseguia calar a boca. Caíque se chaveou no banheiro e ficou lá por um bom tempo — enquanto eu batia na porta, desesperado —, até finalmente abrir com cara de quem tinha tomado uma sova e me contar que tinha vomitado.

Abrir uma exceção *hoje* parecia uma ideia pouco recomendável. Mas o Caíque gostava de se provar.

'Caíque', eu disse. 'Não tem por quê.'

'Eu tô a fim, ué.'

'Boa, Caíque', o Antônio disse. 'Vamo todo mundo ficar na mesma.' Ele logo passou o beque pro Caíque, que deu um pega e tossiu um pouco.

'Vai na manha', eu disse.

Dez minutos depois estávamos conversando sentados em círculo no tapete felpudo do salão de jogos, na frente do sofá verde, com um drink que o Antônio tinha preparado dentro de um copão que mais parecia um balde. Antônio contou que uma vez o chefe dele ligou no meio de uma transa dele com o Eric, e que ele continuou a meter enquanto discutia regras de negócio no telefone. Caíque riu tanto que precisou recuperar o ar. Antônio se levantou num pulo, acendeu uns abajures, desligou as luzes do teto e botou pra tocar um vinil de capa amarela do Miles Davis. A música era gingada, repetitiva, caótica, e a minha cabeça vibrava junto.

'Vamo fazer assim', o Antônio disse, sorrindo com o copão de bebida na mão, como se tivesse matado uma charada. 'A gente passa o copo e cada um faz um pedido, ou pergunta alguma coisa, e toma um gole.'

Já estava demorando pra chegar uma proposta assim. Dava pra ver no olhar de guri arteiro do Antônio: ele estava louco pra fazer a noite render.

'Artur', ele disse. 'Dá um beijo no Caíque.'

Caíque olhou pra mim com uma cara feliz, distraída. A gente se beijou rápido nos lábios.

'Não, vamo', o Antônio disse. 'Um beijo de verdade.'

Eric riu e disse, 'Para, Antônio'. Depois ficou sério. 'É, tecnicamente foi um beijo rápido mesmo.'

Demos um beijo mais longo, de língua. Os guris nos observaram sem dizer nada, a música cada vez mais delirante.

Antônio passou o copo pro Caíque. Ele pensou por um tempo e disse, 'Agora vocês'.

Eric e Antônio se aproximaram. Eles se beijaram de um jeito meio ostensivo. Parecia que queriam competir com o nosso beijo. Antônio deu uma lambida no Eric quando os dois se desgrudaram, o que me pareceu bastante artificial.

Era a minha vez. Caíque me passou o copo e eu tomei um gole. Eu só queria acabar logo com aquilo.

'Eric, vou te fazer uma pergunta, então. Como tu conseguiu aguentar o Antônio todos esses anos?' Ri no fim, pra parecer que era brincadeira. Antônio riu, boquiaberto, e o Eric respondeu que se sentia 'um mártir'. Caíque deu uma risada discreta.

'Tá, agora sério', o Antônio disse pra mim.

'Foi sério.'

'Vamo, não te faz. Pergunta de verdade.'

Uma parte minha queria entrar no clima, mas outra preferia desaparecer. Eu não ia embarcar na loucura adolescente do Antônio. Tive que me esforçar pra lembrar que, fora o Eric, que só estudava, todos ali acordavam cedo e trabalhavam e pagavam boletos — ainda que o Antônio, de uma família com tanto dinheiro e uma mansão faraônica e provavelmente outras casas e patrimônios e contas bancárias, nem precisasse trabalhar. Talvez esse exagero de *coisas* na infância ajudasse a explicar a falta de filtros do Antônio: o guri devia ter ouvido poucos nãos na vida, e agora mal conseguia pensar duas vezes quando queria alguma coisa. Antônio imediatamente autorizava as ideias que tinha, e ele logo dividia elas com a gente, e a gente era obrigado a lidar com elas.

Passei o copo adiante. 'Perguntei, já. Próximo. Eric.'

'Eu.'

Eric acendeu o beque de novo. Ele deixou o drink de lado e olhou pra mim. Então perguntou com quem eu tinha gostado mais de ficar, se com ele ou com o Antônio. Eu não esperava que uma pergunta dessas viesse do Eric — mas talvez eu tivesse subestimado o poder do combo drink com camarão.

'Ah, não sei', eu respondi.

'É o jogo, pô', o Antônio disse. 'Tem que responder.'

'Eu não vou responder.'

Minha visão estava turva, e agora a música chegava numa calmaria. Antônio era mais bonito, de longe, e mais putão; já o Eric me deixava num estado gostoso de relaxamento. Mas naquele momento eu já nem sabia como um dia tinha sentido tesão pelo Antônio — agora eu só queria que ele ficasse quieto.

Olhei pro Caíque, tenso por imaginar que ele tivesse ficado desconfortável com a pergunta do Eric, mas ele parecia estar se divertindo. Caíque pediu mais um pega do beque, e dessa vez deu duas tossidas na hora de tragar. Eu queria que ele estivesse sóbrio o suficiente pra pelo menos ficar do meu lado contra aquela cretinice.

'Tá, sou eu de novo', o Antônio disse, dando um gole no drink. 'Até já sei o que eu vou pedir. Caíque, eu quero que tu dê um beijo no Eric.'

Eu ri baixinho. Eu sabia que o Antônio só tinha começado a brincadeira pra chegar num ponto assim e constranger o Caíque — ou me constranger. Constranger todo mundo. Ele mostrou um sorriso vencedor, e o Eric ficou quieto, atento.

Caíque me olhou com cara de dúvida, um sorriso no canto do lábio, idiota de chapado. Encolhi os ombros e arqueei a boca pra baixo, pra dizer que eu não tinha nada com aquilo. Caíque fez que sim com a cabeça, pra dizer que tinha me entendido.

'Tem que ser beijo de verdade, viu?', o Antônio disse.

Caíque foi pra perto do Eric sem se levantar, ainda de pernas cruzadas, se arrastando com a bunda, e a cena que eu vi pareceu um sonho estranho. Caíque tocou no maxilar do Eric e os dois sorriram. Foi um beijo simples, suave, do jeito do Eric de beijar, e não do jeito do Caíque, mais brusco, mais firme. Durou uns dez segundos, ou quinze, e depois o Antônio começou a rir, e o Caíque e o Eric também riram, e então eu também ri, querendo tossir.

Depois disso o Antônio foi fazer mais drink, e o Caíque reclamou de tontura e foi se deitar no sofá. Busquei uma água e fiquei sentado do lado dele no tapete, conversando com o Eric, com a luz de um abajur incomodando a minha vista. Antônio voltou com a bebida, e tomamos uns goles, e depois de uns minutos o Caíque se levantou, dizendo que ia pra cama.

Resolvi ir junto. Os guris baixaram o som e disseram que iam ficar um pouco mais.

Eu e o Caíque subimos as escadas no escuro e passamos pelo corredor. O vento batia de leve nas janelas. Entramos no quarto e nos ajeitamos pra dormir; ficamos só de camiseta e cueca. No banheiro, a gente escovou os dentes um do lado do outro. Dava pra ouvir o som da música no andar de baixo. Me ocorreu dizer:

'Que coisa.'

'É', o Caíque disse. 'O Antônio é um pilantra.'

'Ele se passa.'

'Tu ficou mordido?'

'Não *mordido*. Mas achei tudo meio bizarro. De mau gosto.'

'É', ele disse, sorrindo. 'Mas no fim eu dei um beijinho que, bah, vou te confessar. Foi gostoso.'

'Tu tá chapado', eu disse, cuspindo a pasta de dente na pia. 'Vamo dormir.'

17.

No dia seguinte acordei sem o Caíque do lado. Cocei picadas de mosquito e me levantei da cama. Botei uma bermuda, passei uma água no rosto e saí do quarto. O sol entrava pelas janelas do corredor e machucava os meus olhos. Antônio estava na cozinha, e o Eric e o Caíque tinham ido buscar ovos no galinheiro. A noite de sono tinha me feito bem, e pensei que eu podia engolir a raiva só até o fim de semana acabar. Enquanto eu passava um café, o Antônio arrumou a mesa na varanda da frente da sala, um sacadão com vista pro vale. Eram retângulos de campos cercados e cheios de eucaliptos em cima de colinas e Porto Alegre no fundo. Quando os guris voltaram, fiz omelete pra nós quatro, e comemos com cacetinho. Eric disse pra gente reforçar no café, porque não ia ter almoço: os cogus precisavam de jejum pra bater.

Na sacada, depois do café, o Caíque se deitou numa rede com um livro e eu fiquei conversando com os guris. Caíque aproveitava o tempo pra ser produtivo até na companhia de outras pessoas, nos fins de semana, nos dias de sol. Ele ficou lendo por uns quarenta minutos e depois saiu da rede e perguntou se na casa tinha alguma bola e se alguém queria jogar. Antônio disse, sem constrangimento nenhum, que nos fundos do terreno tinha um campinho de futebol.

Antônio e eu levamos cadeiras pra debaixo de uma figueira e ficamos na sombra vendo o Caíque e o Eric jogar bola. O campinho era cercado e coberto por uma rede. Os dois se revezaram, um chutando e o outro no gol. Em pouco tempo deu pra notar que o Eric dava um baile no Caíque.

'Nunca vi gostar tanto de futebol', o Antônio disse. 'Meu pai gosta mais do Eric do que de mim, juro. Os dois só falam disso.'

'O Caíque é meio assim também.'

Vi o peixinho tatuado nas costas do Eric. Perguntei o que significava.

'Ih, longa história.' Antônio se virou na cadeira. 'É por causa da namorada que ele teve na adolescência. Um dia ele te conta. Os dois pescavam juntos — é isso.'

'Ah, certo', eu disse, fingindo que não sabia nada sobre a namorada.

Assistimos ao futebol em silêncio por mais uns minutos e cansamos e voltamos pra dentro. A casa estava refrescante, a sombra contrastando com o solaço lá fora. Antônio me chamou pra ver a preparação do 'ritual'. Ele tirou do freezer umas embalagens de plástico e jogou o que tinha dentro delas num prato: cogumelos desidratados com cheiro de terra. Ele moeu os cogumelos com um pilão, dividiu em três porções e colocou cada uma num copo com água. Levamos os copos pra sacada, e eu fumei um cigarro. Logo depois os guris voltaram, suados, com um garrafão de água gelada.

'Última chance, Caíque', o Antônio disse. 'Não quer mesmo?'

Caíque disse que não. Ele se sentou na cadeira e nos observou. Fizemos um brinde e tomamos aquela água com terra e cogumelos secos. Tomei tudo num gole e senti uma ânsia de vômito instantânea que logo passou.

Voltamos pra sala, calçamos os tênis, passamos protetor solar. Caíque foi até a cozinha e preparou um cooler com gelo e latas de cerveja. A ideia era fazer uma caminhada sem destino no meio da natureza.

Saímos da casa e percorremos um caminho calçado até a entrada de uma mata. Fomos em silêncio. Talvez os guris estivessem sentindo a mesma moleza que eu; minha barriga pesava, como se eu tivesse enchido o cu de comida. Andar me custava muito. Mas andamos — andamos por entre as árvores, onde a terra era molhada, depois saímos da mata e passamos por um campo e entramos em outra mata. Os cogumelos estavam dentro de mim, passando de um lugar pro outro. Fazia meia hora que tínhamos tomado, e eu queria sentir logo o que quer que fosse — fora um enjoo desagradável.

'Tudo certo?', o Caíque perguntou um tempo depois, virando um latão.

'Aham', eu disse. 'Tudo. Tudo bem.'

Falando com ele, me dei conta de que agora eu conseguia sentir os pensamentos passando pela cabeça — aparecendo, sendo pensados e indo embora. Eu podia prestar atenção em tudo ao mesmo tempo. A gente seguia andando.

'Parece que eu acordei pela segunda vez no dia', eu disse.

Antônio se virou pra mim. 'Bah, total. É bem isso.'

Eric ia na frente, mostrando a trilha. Descemos até uma mata mais densa, quase um túnel. De novo eu me sentia dentro de um videogame do Iarte. Pra onde quer que eu olhasse tinha muita informação pra absorver: as raízes das árvores no chão, os pelos da barba do Caíque, a pele queimada do Antônio, a escuridão das folhas em contraste com o céu claro que aparecia entre as árvores. Eu queria mesmo uma cerveja, ou será que isso ia diminuir o efeito? Por algum motivo lembrei que toda semana a minha mãe comprava raspadinhas na lotérica, mas nunca ganhava nada. Escutei um som alto de insetos, mas não vi nenhum.

'Chegamos', o Eric disse. Ele apontou pra um riacho grande que corria na descida de um barranco.

Descemos até lá, tiramos os tênis e as meias e pusemos os pés na areia e na água gelada.

'Esse lugar', o Caíque disse. 'Puta merda.'

O sol chegava em raios fracos por entre as árvores, e mesmo assim os meus olhos mal conseguiam capturar tanta luz e cor. Andamos com os pés na água até o riacho fazer uma curva e seguir por um caminho reto e longo, só interrompido por troncos, pedras, cipós. A gente não estava tão longe da cidade, mas parecia que a gente tinha se deslocado pra outro universo — um paraíso só nosso, grande, mas cercado: a natureza mas com todos os confortos da cidade. Um dia eu queria ter um lugar assim. Imaginava o Caíque acordando cedo pra cortar lenha com uma camisa de flanela de lenhador. Por enquanto a gente tinha um apê que nem era nosso, e sim de um casal de velhinhos, provavelmente cheios de herdeiros e com uma terra no campo também, os dois recebendo o teto da aposentadoria, essas coisas que a gente nunca ia ter. Era fácil se acostumar com essa ideia: a gente nunca teve, a gente nunca ia ter.

Eu caminhava com os olhos fixos na água. Na borda do riacho, o Eric mexia numa planta, e o Antônio andava na direção de uma clareira.

'No que cês tão brisando?', o Caíque perguntou, amassando um latão vazio e guardando dentro do cooler. 'Assim, no geral.'

Eu disse que estava pensando no futuro. Antônio respondeu que só queria curtir a vibe, e apontou pra uma pedra grande, dizendo que ia tomar um banho de sol em cima dela. Eric examinava uma folha entre o indicador e o polegar.

'Olha só', o Eric disse, mostrando a folha pro Caíque.

'Não tô vendo nada de mais', o Caíque respondeu. Ele abriu outro latão e se sentou na borda do barranco. Me perguntei quanto tempo tinha se passado desde que a gente começou a andar pelo riacho.

Olhei pros meus pés e me perdi em padrões geométricos que eu via entre as folhas. Eu não sentia calor nem frio, só tontura e um aperto na garganta. Eu precisava parar quieto e descansar, mas não queria ninguém em volta. Decidi andar pra longe dos guris. Cada um estava curtindo a própria pira, e eu precisava curtir a minha, longe de tantos estímulos.

Me sentei sozinho no meio do riacho e sosseguei por uns minutos e logo me vi transportado pra uma praia. Não era alucinação, e sim uma imagem que ficava cada vez mais real na minha cabeça — uma ideia, só que dez vezes mais forte. A gente estava na praia, nós quatro, uma praia rodeada de morros. O céu passava do laranja pro azul quando se encontrava com o mar; o fim do dia dava um tom vivo pra paisagem. De repente ouvimos gritos que vinham de um canto da praia, gritos de muitas pessoas, e olhamos em volta sem saber o que fazer. Corremos na direção das vozes e vimos um grupo de pescadores levando um barco de madeira pra água. Eu não saberia contar quantos pescadores eram; eram muitos. Eles apontavam pro mar e comemoravam: os peixes pulavam pra fora da água: seria um bom dia de pesca. Depois de largar o barco no mar, alguns pescadores embarcaram e remaram pra passar da rebentação, enquanto outros ficaram fora, empurrando o barco, com a água gelada até a cintura; outros, ainda, esperavam na areia. De dentro do barco, os pescadores jogaram uma rede enorme, que se espalhou à medida que as ondas batiam e levavam espuma pra beira da praia. Com água nos joelhos, os homens que ficaram na areia ajudaram a puxar a rede, enquanto o barco seguia na água. Eu assistia a tudo hipnotizado quando um senhor veio até a gente e pediu ajuda, oferecendo um peixe em troca. Eric e eu corremos até a beira e puxamos a rede em várias direções, um pouco perdidos, e o Caíque se jogou no mar pra ajudar os pescadores no barco. Olhei pra trás e vi o Antônio parado, sem saber o que fazer. Pra ser sincero, eu também não sabia. E eu não queria um peixe. Continuei puxando a rede até os braços doerem, até os dedos chiarem, até eu ouvir a voz do Caíque, ouvir a voz dos guris, me chamando. Eles estavam subindo o barranco.

Subi a muito custo e encontrei os três na saída da mata, numa lomba oposta ao barranco, estendidos debaixo do sol, a pele de cada um brilhando de um jeito diferente; o Caíque de óculos escuros e camisa aberta, a bermuda dobrada; o Eric de camiseta branca e shorts; e o Antônio só de shorts, aquele viado gostoso de peitoral malhado. Peguei uma cerveja no cooler e escutei a conversa: o Antônio contava do dia em que foi roubado na Redenção. Ele estava sentado sozinho na grama quando um cara se aproximou e pediu dinheiro. Quando o Antônio pegou as coisas no bolso, o cara agarrou o celular dele. Antônio saiu atrás do cara, gritando, 'Pega ladrão', até que alguém segurou o cara e o Antônio chamou a polícia. 'Eles não deixaram barato. Prenderam o vagabundo.'

Caíque ouvia atento. Eu sabia que ele não estava gostando. Eu também não estava. A primeira vez que eu roubei foi uma blusa preta de lantejoulas numa loja de departamentos, mais cara do que o meu orçamento e sem o sensor que normalmente grampeavam nas roupas. No provador, meti a blusa na mochila. Roubei várias roupas depois disso e nunca fui pego. Eu falava pro Caíque dos meus furtos. Ele não gostava de saber, porque ele nunca roubaria nada. E mesmo assim, ele dizia, os seguranças ficavam sempre de olho nele.

Eric mudou de assunto. Ele disse alguma coisa sobre a sabedoria oriental e a noção do tempo. Me deitei na grama e ouvi sem prestar atenção.

Passaram uns minutos e o Caíque disse, 'Gente, vou voltar pra casa pra comer, tá?'.

Eric disse que tinha esquecido de trazer comida pro meio do mato porque os cogus tiravam a fome. 'Mas faz um sanduíche pra ti e volta.'

'Eu vou ficar por casa mesmo.' Caíque pegou as coisas dele e voltou pela trilha.

Me deitei na grama. Por um momento ficamos os três debaixo do sol, em silêncio. O azul do céu era tão profundo que achei que eu ia mergulhar nele. Talvez eu só precisasse me deixar levar. Respirei fundo e soltei o corpo. Segui respirando, de olhos fechados, até esquecer onde eu estava, esquecer os guris.

Pensei na minha mãe. Ela apareceu como uma visão, uma voz bem no fundo da mente, dizendo pra eu me soltar mais. Quando eu era pequeno, passei pelo clichê gay de andar com o salto da mãe, e eu me lembrava dela dizer, 'Filho, tu tá muito duro. Anda mais solto'. Com seis anos, eu não gostei do que ela disse — só fui gostar anos depois, quando me sentia confortável pra ensaiar coreografias de música pop na frente dela. No geral eu era quieto e pouco arteiro, mas sem dúvida um guri diferente dos outros. Minha mãe percebia e só me incentivava. Até hoje eu sentia a presença dela, mesmo que às vezes eu nem me desse conta, mesmo que eu suspeitasse que era só uma ilusão. Me lembrei da primeira vez que me montei, com peruca e maquiagem, na casa do Raí; de como me olhei no espelho e senti como se eu tivesse deixado a beleza sair pra fora de mim pela primeira vez na vida. Parecia que eu tinha visto a minha mãe no espelho.

Era nisso que eu estava pensando quando o Antônio se levantou e disse, 'Artur? Que que houve?'.

Voltei a mim e percebi que eu estava chorando. Não de um jeito barulhento, mas o meu rosto estava encharcado.

Eric ficou de pé e perguntou se eu estava bem.

E eu estava. Eu podia jurar que estava. Sorri, com as lágrimas correndo, e me levantei. 'Eu tô com medo de morrer', me ouvi dizer.

Eric arregalou os olhos.

Ele me deu um abraço. 'Calma, Artur. Ainda vai demorar uns cem anos pra tu morrer.'

Antônio também me abraçou, e ficamos assim por uns minutos. Ainda nesse abraço, eles perguntaram o motivo do meu medo, e eu respondi que estava pensando na minha mãe, mas que não queria falar no assunto. Era engraçado: as palavras saíam de mim sem que eu pudesse decidir se era aquilo mesmo que eu queria dizer. Também me dei conta de que eu não me lembrava da última vez que tinha chorado, e por causa disso, eu, que já tinha parado de chorar, comecei a rir. Os guris estranharam, mas não disseram nada.

Soltamos o abraço e voltamos a deitar com o sol na cara. Um vento fraco fazia as árvores chiarem, e umas cigarras cantavam num poço perto da gente. Observei o Eric e o Antônio, os dois brilhando na luz dourada do fim do dia. Respirei fundo de novo e encarei os dois, me concentrando em cada um por uns segundos, talvez minutos, e como eles não se importaram, ou não me viram, continuei encarando o corpo deles debaixo do sol.

Então me levantei e tirei a camiseta do Eric. Dei um beijo nele e dei um beijo no Antônio. Tirei a roupa, ainda sem saber se a tristeza tinha mesmo ido embora. Meu pau estava duro fazia um tempo, eu notei. Chegava a ser desesperador: pouco antes — ou pelo menos me pareceu pouco antes — eu chorava por causa da minha mãe. Agora o meu pau estava na boca do Eric, na boca do Antônio, e só tinha uma canga onde a gente podia se deitar. Acabamos deitados um pouco na grama e um pouco na canga, e aos poucos fui sentindo cheiro de grama, de pele quente. A gente se chupou e bateu uma juntos, até que o Eric gozou e depois o Antônio e depois eu, e quando eu gozei a gente descansou e respirou pesado. Pisquei os olhos e senti as cores mudando. Fui inundado por uma sensação bizarra de prazer. Ainda deitado na grama, do lado dos guris, que a essa altura conversavam e riam, me perguntei se o Caíque já teria jantado, se ele já estaria na nossa cama, dormindo. Sonhando com outro lugar.

No caminho de volta, eu disse pros guris que ia andando na frente. Passei pela estrada de chão até o portão da casa, tentando escutar alguma coisa, talvez uma música que o Caíque tivesse posto na caixa de som, talvez o aquecedor da água do chuveiro. Mas não ouvi nada.

No corredor caminhei na ponta dos pés até o nosso quarto, que estava vazio. Pela sacada vi o Caíque lagarteando na beira da piscina, deitado de bruços, com fones de ouvido. Inspirei e fui pro banheiro.

Liguei a água bem quente e me enfiei debaixo do chuveiro. Um tapetinho de silicone fazia cócegas nos meus pés, e o sabonete era macio. Esfreguei com força o pescoço, o peito, o pau, as bolas. Só de ter voltado pra casa e estar tomando banho eu já sentia o efeito dos cogumelos diminuindo e a minha mente voltando a funcionar do jeito certo. Eu precisava de umas horas de sono.

Botei jeans e camiseta e me arrastei até a piscina. Estava todo mundo lá. Caíque estava deitado na espreguiçadeira com cara de quem tinha acabado de acordar de uma soneca. De pé do lado dele, os guris contavam o que tinham pensado durante a trip. Antônio olhou pra mim e sorriu, e o Caíque perguntou como eu estava me sentindo.

'Parece que eu fui atropelado', eu respondi.

Caíque sorriu e logo voltou a ficar sério. Por um momento suspeitei que os guris tivessem dito alguma coisa pra ele. Ou que ele tivesse percebido pelo cheiro. Mas provavelmente era noia minha.

Antônio e Eric foram tomar banho enquanto o Caíque e eu ficamos preparando a janta: ironicamente, uma lasanha de cogumelos. Caíque botou pra tocar uma música experimental que só parecia adiar a minha sobriedade. Cortei os cogumelos enquanto ele fazia o molho. Eu não estava com cabeça pra falar, e ele também ficou quieto.

Depois de comer, abrimos um vinho e o Antônio tirou tarô pra todo mundo. Ele disse que o Eric teria uma reviravolta maravilhosa na vida dele; Caíque ia passar por provações; eu precisava tomar cuidado com a inveja. Depois disso fui me deitar, enquanto eles ficaram na sala, tomando vinho, jogados nos sofás de couro. Me deitei na cama e devo ter dormido quase que imediatamente.

18.

Acordei no domingo com calor e com a cabeça doendo. Levantei em silêncio pra não acordar o Caíque; o carpete amorteceu os passos, e eu saí do quarto e cruzei o corredor e a sala vazia. Fui até a cozinha, fiz uns ovos mexidos e passei um café. Minha ideia era comer em paz e acordar de verdade e talvez processar o que tinha acontecido no dia anterior.

Na sacada encontrei o Eric deitado na rede, um pouco descabelado, usando uma bermuda de pijama e uma camiseta velha.

'E aí, bom dia', ele disse, se ajeitando pra sentar. 'Chega aqui.'

Larguei o prato e a xícara no parapeito da sacada e puxei uma cadeira pra perto dele. O céu não tinha nenhuma nuvem. A textura verde dos bosques inclinados nas colinas fazia o vale parecer uma pintura a óleo. Dava pra ouvir o vento e o canto dos pássaros e o som dos insetos.

'Dormiu bem?', o Eric perguntou.

'Sim', eu respondi, bocejando, e a minha voz saiu desafinada. 'Já tô inteiro. E tu?'

'Tu deve ter ficado apavorado com o Antônio passando aquele drink anteontem. E o Caíque mais ainda.'

'Nah, tranquilo.'

'É que eu já tô acostumado. Ele bebe e fica assim. Pelo menos com os cogumelos ele fica mais introspectivo.'

Eric me olhou sério.

'Escuta, fiquei preocupado contigo.'

'Por quê?'

'Ontem tu falou da tua mãe várias vezes. Lembra? E disse que tava com medo de morrer.'

Eu lembrava da parte do medo de morrer, mas não de ter falado da minha mãe várias vezes. Acendi um cigarro e, como eu não respondia, o Eric continuou:

'É normal. Tem umas coisas que aparecem. Com os cogus.'

'Aham.'

'Que que apareceu pra ti?'

Pensei com calma numa resposta.

'Parecia que a minha mãe tava lá.'

'Faz tempo que ela faleceu?'

'Três anos e — vai fazer quatro em maio.'

'Tendi. Posso perguntar, ã, de que que ela morreu?'

'Sim, tranquilo. De câncer.'

'Ah.'

'Foi bem do nada', eu disse. 'Ela nunca tinha tido nenhuma doença. Só que ela não fazia os exames de rotina.'

'Cês se davam bem?'

Fiz que sim com a cabeça e tomei um último gole do café, que já estava morno.

'E como é isso pra ti hoje?'

'Bah, não sei. Acho que eu nunca olhei muito pra isso.'

Eric concordou e olhou na direção do vale.

Fiquei quieto, fumando rápido, até que o Eric perguntou se podia me contar uma história.

'Lembra de uma namorada que eu tive?'

'Lembro.'

'Acho que na época não te contei direito.'

'Não contou mesmo', eu disse. Dei mais uma tragada no cigarro. Senti o estômago reclamar.

'Vamo dar uma volta? Daqui a pouco os guris acordam.'

Pareceu um pressentimento: a gente fez silêncio e ouviu passos no corredor. Espiamos pra dentro da sala e apareceu um Antônio sem camisa, de pé descalço, andando pelo tapete persa e bocejando.

'Tá todo mundo podre ou tá todo mundo bem?', ele perguntou.

Respondi que estava todo mundo mais ou menos. Eric concordou.

Passamos a meia hora seguinte tomando sol na sacada, nós três, conversando sobre a orientação solar dos apartamentos, sobre a ideia de adotar gatos, sobre ficar velho. Eu sentia as amígdalas inchadas. Não demorou muito e o Caíque apareceu também, de novo com cara de revigorado pelo sono. Me ressenti dele por isso.

Fomos pra piscina. Os guris pensaram em entrar, mas logo desistiram. Ninguém tinha energia pra piscina, e a água estava fria, mesmo com o sol forte. Caíque ficou lendo na espreguiçadeira, enquanto o Antônio ouvia música na caixa de som e torrava ainda mais a pele, e eu fui com o Eric dar uma volta no gramado, reparando nas placas com o nome das espécies de cada árvore.

Eric andou descalço pela grama, olhando pro chão, atento às rosetas. Ele disse que me ver chorando tinha deixado ele pensativo; ele achava que podia me ajudar. Notei que enquanto o

Eric falava ele passava uma das mãos no braço oposto ou então mexia no cavanhaque. E não olhava pra mim: era sempre pra um ponto no vazio.

Eric me contou que o pai dele era o típico gaúcho conservador que reforçava, sempre que podia, que tinha um filho macho, que o Eric ia seguir os passos dele, ser um médico de respeito e casar, levar o sangue da família adiante. 'Ele dizia que pra vida ter sentido, eu tinha que gerar filhos *com o nosso sangue*. Então desde pequeno eu entendi que ia viver com uma mulher, e que depois ia pensar no que fazer.'

Ele tinha conhecido a Larissa bem pequeno. Os pais dos dois eram amigos, e as famílias moravam bem perto, em Camaquã. Eric e Larissa iam e vinham juntos do colégio, e ao longo dos anos desenvolveram uma relação quase de irmãos, já que o Eric era filho único e a Larissa também. Nos fins de semana os dois brincavam perto do açude da vizinhança: Eric levava uma mochila com sanduíche, suco e um rádio portátil; Larissa ia com um balde e as duas varas de pescar do pai. Ali eles passavam boa parte da tarde competindo pela pesca do maior lambari, e enquanto isso inventavam apelidos e se arremedavam. No fim do dia, emburrados um com o outro, cansados, viravam o balde no açude, devolvendo os peixes pra água. Depois os anos foram passando, e os dois exploraram outros cenários. Começaram a ir nas festinhas, a dirigir por descampados, a provar cerveja juntos. Pescavam na Lagoa dos Patos, escapavam de noite pra andar pela cidade. Com dezesseis anos, essa amizade intensa entre um guri e uma guria passou a ficar estranha. Então começaram a namorar.

Eric apontou pra uma árvore, e fomos até lá. Ele colheu pitangas e dividiu o punhado comigo. Nos sentamos num banco de madeira na sombra. Comendo pitanga e cuspindo caroço, ele me contou que nunca transou com a Larissa. Ela se achava muito nova, e pro Eric não tinha problema. Ele logo percebeu que também não queria transar com ela.

'Eu nunca contei pra Larissa que eu era gay', ele disse. 'Mas tem umas coisas que a gente divide com a outra pessoa sem notar. Acho que no fundo ela sabia.'

No fim do ensino médio, começaram a estudar juntos pra entrar numa universidade; os pais dela também eram médicos, e pra ela, assim como pra ele, a medicina era 'o nirvana'. No primeiro vestibular, nenhum dos dois passou, e os pais do Eric decidiram que ele devia ir pra Porto Alegre estudar num cursinho. Foi nessa hora que as coisas esfriaram, e os dois acabaram se separando.

Eric soltou o ar pela boca, fazendo barulho, e olhou pra mim — não pros meus olhos, mas pra algum lugar no meu rosto.

'Eu recém tinha me acostumado com a cidade quando a mãe da Larissa me ligou um dia pra contar do acidente. A Lari e o pai dela tavam voltando da praia e o cara foi fazer uma ultrapassagem.'

Eric não mudou o tom da voz.

'E ela morreu assim. Por um motivo idiota.'

Pensei em passar o braço pelo ombro do Eric, mas não consegui me decidir, e ele continuou:

'Eu voltei pra Camaquã pra passar um tempo com a minha família e com a mãe da Larissa. Só que eu tinha as aula no cursinho. Eu precisava voltar pra rotina. Mas não fazia sentido eu entrar na UFRGS sem a Lari. De repente eu tava em Porto Alegre e sozinho.'

Eric ficou sem dizer nada por um tempo e eu só ouvi o som do vento nas folhas das árvores. Então ele disse:

'Mas acabou sendo bom, por um lado. Eu era gay, e finalmente tava num lugar em que ninguém me conhecia. Sabe por que que eu acabei namorando o Antônio?'

A mudança de assunto me desorientou.

'Por quê?'

'Eu precisava de alguém que nem ele na época. Eu era discreto demais, e ele me puxava pra cima. E eu ainda ia ter que enfrentar os meus pais, depois, quando eu me assumisse. Parecia uma oportunidade boa. Mas não teve enfrentamento nenhum. Eles engoliram bem o Antônio. Querendo ou não, ele é um coxinha, né. É isso o que ele é. Um padrãozudo. Às vezes ele me lembra o meu pai, sabe. Ele sempre quer decidir tudo.'

'Como assim?'

'Ah, eu comecei a achar que não queria fazer medicina, que estudar aquilo me fazia pensar muito na Lari, e que eu podia escolher outra profissão, já que eu já tava decepcionando a família sendo viado. Foi o Antônio que me convenceu a continuar. Pra ele era mais importante eu agradar meus pais e tomar o caminho mais fácil do que fazer o que *eu* queria. E isso acabou me impedindo de ser mais, ã, livre.' Eric fez uma pausa. 'Quer dizer, não que fosse culpa dele.'

Eric piscou algumas vezes, se levantou, deu uma espreguiçada e se sentou de novo.

'Bom. Nem era sobre o Antônio que eu queria falar. Nem sei por que eu cheguei nessa história. É que eu me lembrei de uma coisa ontem, quando te vi chorando.'

'Aham', eu disse, ainda mais confuso. 'O quê?'

'Naquela época eu fui num lugar. Numa mulher especialista em luto. Era um troço de energia — chacras, sabe, meio religioso. Mas forte.'

'Hm.'

'Ela fez um ritualzão comigo — eu nunca me esqueço. É, a terapia foi o que me tirou da fossa, mas, ô, aquela mulher. Deu um alívio. Se tu quiser, eu posso ir atrás pra ti.'

'Ah', eu disse. 'Sim. Sim, pode ser.'

'Tá.'

Me levantei e agradeci. Eric olhou pra mim pensativo, e a gente voltou pra casa. Tomei um copo d'água e fui pro quarto descansar, arrumar a minha mochila, matutar um pouco.

No começo da tarde eu e os guris comemos o que tinha sobrado da noite anterior. Quando tirei a mesa, o Antônio disse que a gente podia só deixar a louça na pia. Decidi lavar mesmo assim.

Pegamos a estrada quando o sol se punha. A paisagem foi escurecendo no caminho, e ninguém falou nada, talvez porque os assuntos do fim de semana já tivessem se esgotado — ou porque a gente precisasse de uma folga de tanta convivência. Antônio pôs uma música suave, um Caetano parado demais pra ouvir na estrada. Chegando na cidade, os guris deixaram a gente em casa, deram boa-noite e foram embora. Fazia frio na rua, e eu estava só de camiseta.

Logo que a gente entrou pelo portão, o Caíque disse, 'Esse cara é meio errado da cabeça, né?'.

'Quem?'

'Quem tu acha?'

Abrimos a porta de madeira do prédio e entramos no corredor úmido. A voz do Caíque ecoou nos azulejos:

'Teve uma hora que a gente ficou sozinho na piscina. Eu tava bem tranquilo, lendo o meu livro, mas lá fui eu, né, puxar papo. Falei do sítio, falei de ti, falei até do trabalho dele. Artur: nada. O guri não falou nada. Ele só dava umas respostas, assim, pra acabar o assunto, e ficava quieto.'

Subimos as escadas com as mochilas no lombo.

'Porra, ele não cala a boca um segundo quando tamo nós quatro, é um baita fiasquento pra tudo, aí comigo ele simplesmente se mixa. Qual que é? Eu que sou o problema, então? Não era ele que queria que eu fosse pra lá com vocês?'

Estalei a língua no céu da boca.

'Ih, nem dá bola. O Antônio é meio pirado.'

Peguei a chave de casa na mochila, destranquei a porta e dei um empurrão. Caíque entrou e largou a mochila no chão e bufou.

'Bah, na boa', ele disse. 'Ia ser mais fácil se não tivesse esse alemãozinho babaca.'

19.

Acordei cansado no dia seguinte. Comi pão com a metade escurecida de um abacate que o Caíque tinha deixado e tomei uma ducha morna. Lá fora caía uma chuva pesada e barulhenta. Achei um guarda-chuva e fui pra parada de ônibus. No meio do caminho pisei numa poça e encharquei o tênis. Entrei no ônibus, cumprimentei o motorista, passei o cartão na catraca. Ainda tinha o suficiente pra umas quatro viagens. Fui até o fundo, que estava vazio. Descalcei os tênis, torci as meias.

O ônibus deu várias voltas pelo Centro e me deixou perto da livraria. Ângela já tinha aberto tudo quando cheguei. Ela me olhou de cima a baixo e perguntou se eu precisava de alguma coisa. Eu disse que não.

'Fica trabalhando no estoque que eu cuido aqui da frente. Deixa esse tênis secando.'

'Mas tu sabe mexer na máquina do café?'

'Ih, melhor do que tu.'

'E o caixa?'

'Daqui a pouco a Sabrina tá aí. E, igual, com essa chuva, não vai vir muita gente.'

Eu nunca tinha trabalhado no estoque. Ângela me deu umas explicações básicas, e passei a manhã arrumando as prateleiras, endereçando pedidos e tirando livros das caixas pra catalogar. Uma boa oportunidade pra me desligar do mundo lá fora. Sozinho, sem ter que sorrir pra ninguém.

Era estranho voltar pra vida real depois daquele fim de semana no sítio. No começo do fíndi, o sentimento era de que muita coisa ainda ia acontecer — muita preguiça e droga e piscina. Agora eu estava esgotado e não conseguia parar de pensar na conversa com o Eric.

Por anos aquela história tinha sido um mistério. A namorada dele tinha morrido, mas ele não me contou isso logo de cara, quando ele era um guri do interior chegando na cidade.

Mas depois ele mudou. E eu também.

Eu nunca tinha chorado pela minha mãe, nem nos piores momentos.

As coisas foram acontecendo rápido com a minha mãe. Ela teve câncer e morreu. Depois disso fui trabalhar numa farmácia por um tempo e morei numa pensão e então conheci o Caíque.

Logo depois larguei a faculdade. Essa não foi uma decisão fácil. A minha formatura era o grande sonho da minha mãe. Mas não dava pra estudar e trabalhar, ainda mais fazendo drag.

Era assim, aliás, que eu me sentia mais próximo da minha mãe: quando eu era a Karma. Da ponta dos meus dedos saía uma energia que eu só conhecia na minha mãe. Às vezes eu contava pro Caíque alguma história envolvendo ela, e ele me fazia perguntas e esperava eu responder e então fazia mais perguntas. Ele me deixava à vontade. Tudo bem se não quiser continuar, ele dizia.

Eu era a porra de uma drag queen, e mesmo assim não conseguia acessar as minhas emoções que nem uma pessoa normal. Eu já tinha chorado em filmes e séries, e também escutando música, mas nunca tinha chorado com nenhuma história *minha*.

Quando ela morreu, eu fiquei lá, sem reagir, mesmo quando vi o corpo, mesmo quando fui pra casa depois do velório e arrumei o quarto dela e as roupas que ela guardava emboladas no roupeiro e os bilhetinhos dos colegas de trabalho, as fotos com pessoas que eu nunca conheci, os retratos da gente na praia da Alegria, minha mãe me ensinando a nadar.

No sítio do Antônio, chapado até o osso com os cogumelos, senti como se a minha mãe estivesse comigo. Agora eu queria sentir isso de novo, e não só quando usasse salto alto.

Na hora do almoço busquei umas marmitas e comprei um quindim pra Ângela, pra agradecer. A gente comeu juntos e ela fez um chá. Ela usava o cabelo preso num coque, e os óculos de sempre.

'Tu lembra a minha mãe às vezes', eu disse.

Ângela me olhou com cara de surpresa.

'E eu lá tenho idade pra ser tua mãe, guri.'

'Eu tô com vinte e três.'

'É.' Ela apertou os olhos, fazendo as contas. 'Daria pra eu ser tua mãe sim.'

A semana passou sem grandes eventos. Recebi memes safados do Antônio e fui à caça de respostas à altura. Eu rolava o feed pra me informar das últimas notícias, tudo mastigado e interpretado pra que eu soubesse o quanto os novos acontecimentos iam afetar a minha vida. A inflação teve uma baixa histórica, mas o desemprego aumentou. Saiu um clipe novo da Gloria Groove, que vi com a Sabrina na livraria — ela não aguentava mais a volta dos anos 80. Ficamos sabendo, por um cliente que morava no prédio da esquina da rua da Praia, que uma mulher tinha sido espancada na praça da Alfândega. Procurei na internet e não achei nada. O cliente que nos contou também não apareceu de novo.

Na madrugada de quinta-feira, acordei às cinco e não consegui mais dormir. Me revirei na cama do lado do Caíque. Ele respirava pesado. Vesti um moletom e fui pra janela da sala fumar. Depois de dois cigarros, sentei no sofá, e em algum momento peguei no sono.

Acordei com a voz do Caíque:

'Artur?'

Esfreguei os olhos. O sol entrava pela janela.

'Por que tu tá aqui?', ele perguntou, ainda tonto de sono.

'Não consegui dormir, daí vim pra cá.'

'Ah, bom.' Ele me olhou, confuso. 'Quer tomar café comigo?'

'Quero.'

Caíque amassou duas bananas e bateu cinco ovos e botou tudo numa frigideira com aveia, sal e pimenta — uma dessas receitas de maromba. Me servi de um quarto da panqueca.

'Nem te contei o que eu vou fazer hoje depois do trampo', ele disse. 'O Eric me chamou pra jogar bola.'

Eu continuava meio grogue, e absorvi a informação aos poucos.

'Sério? Que legal. Cês ficaram amigos?'

'Aham.'

'Que bom.'

Lavei a louça e tentei dormir quando o Caíque saiu, mas não consegui. Aproveitei pra decorar a letra de uma música e pensar numa performance. Fui pro trabalho prestando atenção nos sons da cidade.

Foi um dia movimentado na livraria. Sabrina tinha colocado um piercing no septo que sangrava em momentos inconvenientes, e a Ângela foi trabalhar resfriada. Quando voltei pra casa, preparei a janta e botei no repeat a música que eu precisava decorar pro show. Comi uns congelados e assisti a dois episódios de uma série que apareceu num anúncio do streaming. Caíque chegou às onze e pouco. Me contou que tinha jogado bola num time só de gays e que uns eram legais e outros não. Depois do jogo tomou uma cerveja com o Eric.

'Foi bom?', eu perguntei.

'Bah, súper. O Eric parece tímido, né, mas depois se solta. É bem falador.'

Concordei, sem muita certeza.

'Vocês falaram de mim?'

Ele riu. 'Ah — sim. Mas não só, né.'

Na sexta eu me apresentei num bar a céu aberto na João Telles. Raí ficou de aparecer pra me gravar, mas acabou me dando um bolo. Fiz duas dublagens de pop com voguing, e por último dublei uma música de uma playlist do Antônio no sítio. Era um rock que começava lento e melancólico e chegava num refrão que explodia tudo pelos ares — uma música sobre um amor abusivo. Caminhei em volta das pessoas, e no último refrão subi numa mesa, gesticulando bastante. No fim da música, rasguei a camiseta. (Eu já tinha deixado um corte na parte de cima pra que ela se abrisse sem dificuldades.) O público fez muito barulho. Olhei em volta pra ver se tinha alguém emocionado de verdade, mas seria querer demais. Fui até o balcão e falei com duas gurias que trabalhavam lá. Elas disseram que tinham curtido a última dublagem, mas que preferiam as duas primeiras. Fiquei um pouco decepcionado, mas eu disse que eu também.

Tomei um drink no balcão e depois de uns minutos notei um cara me olhando sem parar entre um gole e outro de mojito. Ele estava sozinho, sentado na parte de fora do bar. Era um guri de olho puxado, sobrancelha grossa e barba curta; jaqueta de couro, jeans claro, boné pra trás. Olhei pra ele e ele me olhou de volta, piscou pra mim. Não segurei o sorriso. Ele fez sinal pra eu me aproximar.

'Fala, Karma', ele disse. 'Que show, hein.'

'Oi', eu disse. 'Brigada.'

'Já vi você se apresentando. No Vitraux. Cê é muito única.'

'Ah, jura?'

'Juro. E cê tá linda hoje.'

Eu estava de cropped, saia, a peruca loira de sempre e a bota passando os joelhos. O que sobrou da camiseta eu tinha jogado no lixo.

'Brigada', eu disse.

'Quer tomar uma bebida comigo? Prazer, meu nome é Artur.'

'Ah. Nossa. O meu também é Artur. Quando eu não sou a Karma.'

'Cê tá brincando?'

'Não.'

'Nossa, então é um sinal', ele disse. 'E como é o seu rosto quando você é o Artur?'

'Diferente', eu disse.

Ele encolheu os ombros. 'Justo.'

Artur pediu um drink pra mim e me contou que morava em Porto Alegre fazia pouco tempo. Ele trabalhava numa multinacional em Campinas e tinha sido transferido pro Sul. A gente conversou por um bom tempo, e depois de terminar o meu drinque eu disse que precisava ir pra casa. Eu já tinha entendido que ele queria ir embora comigo, mas eu precisava me desmontar. Artur pediu o meu telefone.

Quer vir aqui em casa?, ele me mandou no dia seguinte, bem quando eu estava saindo da livraria. *Queria ver vc vestido de Artur. Ou sem roupa.*

Ele também morava na Cidade Baixa, então fui pra casa, tomei um banho, me arrumei e saí. Andei rápido por sete quadras e cheguei com o coração acelerado, um pouco pela caminhada e um pouco pela situação. Mandei uma mensagem quando cheguei no portão de um prédio no estilo do meu: antigo e desbotado. Artur desceu pra abrir de camiseta, bermuda e chinelo. Uma senhora entrava bem quando ele apareceu, e talvez por isso o Artur me cumprimentou com um aperto de mão. Subimos as escadas logo atrás da senhora, que parou no segundo andar, e seguimos até o quinto.

Artur destrancou uma grade de metal e depois a porta e me puxou pra perto dele quando entramos. Tentei olhar em volta. Era um apartamento pouco mobiliado, de paredes brancas, velho mas limpo. Artur me beijou e pôs a mão na minha bunda e apertou com força.

'Vamo pro quarto?', ele perguntou, e a gente foi pro quarto.

Artur tinha só uma cama, um armário e uma mesa de cabeceira. Ele abriu a janela com vista pra rua, depois voltou e tirou a roupa bem rápido, enquanto me beijava. Tirei a roupa também.

'Ajoelha', ele disse.

Ele falou com uma agressividade que me botou no clima. Ele nem parecia mais o guri querido da noite anterior, mas não me importei; fiz o que ele mandou. Chupei o pau dele, e ele se sentou na cama e depois se deitou e me segurou pelo cabelo. Ele me deu mais ordens, e eu continuei obedecendo. Mas não demorou muito e eu comecei a achar que tinha alguma coisa errada.

Ele mandou eu botar a camisinha nele. Então me botou de bruços e passou lubrificante no pau e pôs o pau em mim e logo de cara começou a meter forte. Eu reclamei de dor, e ele meteu mais devagar, mas isso durou pouco.

Percebi que ele não estava preocupado com o meu prazer. Era como se tudo que ele fazia fosse pra ele mesmo se excitar. Eu não estava mais sentindo tesão, e tive certeza de que ele nem tinha percebido — e que, mesmo que tivesse, não se importaria.

Artur me chamou de putinho, e como eu não disse nada, me chamou de putinha. Quando ele estava quase gozando, me chamou de Karma. Então me mandou gozar. Eu gozei.

Tomamos uma ducha rápida e nos vestimos. Ele desceu pra me abrir o portão. Não tinha ninguém por perto, e mesmo assim a gente não se deu um beijo de tchau. No caminho pra casa, parei pra comprar cigarro. Fiquei nervoso porque o meu cartão não passou na maquininha e falei grosso com o guri da mercearia, pedindo pra ele passar o cartão de novo. Meu limite tinha estourado. Fui pra casa suado e sem cigarro. Por sorte o Caíque estava no banho quando cheguei. Eu queria garantir que nunca mais ia ver o Artur, então saquei o celular e bloqueei o número dele.

20.

O domingo foi frio pra época. Abri os olhos achando que já era de tarde, mas ainda não tinha passado do meio-dia. Caíque se alongava na sala, debaixo do sol. Ele disse que o Eric tinha nos convidado pra dar uma volta na orla do Guaíba.

'Os quatro?', eu perguntei.

'Sim', ele respondeu.

Tomei o meu café e botei uma roupa. Caíque preparou mate pra levar. Fomos caminhando a pé pela perimetral. Eu estava quieto, ainda com a cabeça no dia anterior.

Na orla tinha muita gente. Desviamos de atletas e crianças em patinetes e fomos até o lugar combinado com os guris. Chegamos ao mesmo tempo: eles de mãos dadas, e a gente não.

Encontramos um lugar pra sentar na grama, com sombra e sem vento. O mate chegou em mim e tomei tudo em dois goles. Quando foi a vez do Antônio, ele só segurou a cuia e abriu a matraca. Foi emendando um assunto no outro até falar de uma série de TV antiga, um desses sitcoms que todo mundo via. Caíque comentou que tinha maratonado a série comigo, e que no fim eu tinha chorado de soluçar, quando o casal finalmente ficava junto. Eric disse que eu era a única pessoa no mundo a torcer por aquele casal, e eu respondi que a série tinha ajudado a esfacelar a minha visão realista e não idealizada do amor. 'É o que te ensinam desde pequeno, né', o Eric disse. 'Que só existe um amor verdadeiro. E aí tu não vive outros.'

Teve um silêncio — provavelmente porque ninguém quis comentar nada. Então o Eric se explicou. Ele disse que na verdade quis dizer que não existia *só uma* pessoa, uma alma gêmea, por quem se apaixonar no mundo, e sim várias.

Depois de mais uma pausa em que ninguém comentou nada, o Caíque disse, 'Boto fé, mas sempre tem *alguém*, né. Uma pessoa que tu *poderia* amar mais. Quando vê tu nunca encontra, mas entre todas as pessoas no mundo, algum magrão aí tem um potencial maior que os outros'.

'E daí?', o Eric disse. 'De que que adianta saber que essa pessoa existe se não tem como encontrar — se não tem como saber que tu encontrou?'

Teve outro silêncio, e o Antônio, que tinha começado o papo da série, ficou pensativo, olhando pro rio. Me deu a impressão de que estava arrependido de ter sugerido o assunto. Antônio nem se mexeu, só foi longe nos próprios pensamentos. Em algum momento ele reparou no silêncio e passou o mate adiante.

Eu estava na livraria na quinta-feira quando chegou uma notificação: eu tinha ganhado o sorteio de uma aula de hot yoga, com direito a um acompanhante. Eu nunca tinha sido rabudo a ponto de ganhar um sorteio, mas como o Caíque me marcou no post da promoção, resolvi participar, sem saber muito do que se tratava. Contei pra Sabrina e ela disse que queria ir junto na aula. Não falei nada pro Caíque.

Fomos no dia seguinte, de manhã cedo. A sala estava cheia de gente, só mulheres, de várias idades. Era a primeira vez que eu entrava numa sauna, e achei o calor insuportável. O professor era um homem careca de bermuda curtinha e regata colada no corpo. Ele nos recebeu com um aceno e disse que a gente ia suar, e logo vimos que era verdade. Fizemos respirações tapando uma narina de cada vez e levantando os braços enquanto jogávamos o corpo pra frente. Passou uma meia hora e a gente fez um exercício botando as mãos no chão e suspendendo uma perna de cada vez. Nesse momento a respiração da Sabrina ficou mais ofegante, a ponto de eu me perguntar se aquilo era normal. Em seguida ouvi um baque no chão — a Sabrina tinha desmaiado.

'Tá tudo bem com ela', o professor disse. 'É normal.'

Nenhuma aluna pareceu surpresa. Cheguei perto da Sabrina, meio apavorado, e esperei ela abrir os olhos. Quando ela abriu, agradeci ao professor e disse que a gente já estava indo.

'Caralho, me desculpa', eu disse, assim que saímos da sala.

'Uau', ela disse. 'Eu quero te matar.'

Tomamos uma ducha no estúdio de yoga e fomos pro trabalho. No caminho, a Sabrina me contou que estava apaixonada por uma amiga hétero. Perguntei o que ela pretendia fazer a respeito, e ela disse que não ia fazer nada, talvez só ver algum filme ruim e chorar. Eu disse que me parecia um bom plano.

'E o Caíque? Segue louco por ti?', ela perguntou.

'Por incrível que pareça, acho que sim. Mas tem mais coisas acontecendo agora.'

Ela perguntou se eu me importava de desenvolver o assunto, e eu desenvolvi — resumindo algumas partes, mas sem deixar de fora nada importante.

Cheguei cansado na livraria. Eu não imaginava que falar em voz alta da minha vida pudesse ser, em igual medida, um alívio e uma tortura. Talvez eu estivesse conversando menos do que o necessário com o Caíque, a pessoa com quem era mais importante conversar.

No dia seguinte, o Caíque e eu fomos numa manifestação contra uma lei que facilitava o desmatamento na Amazônia. Fiquei na dúvida sobre convidar os guris. Chamei só o Eric. *Sim, certo*, ele mandou. *Nos vemos lá.*
Encontramos os amigos do partido do Caíque na Esquina Democrática. Uns tinham cara de rico e outros não; todos eram simpáticos. Um rojão estourou não muito longe dali e as pessoas em volta levaram um cagaço e vaiaram. Logo depois todo mundo começou a andar. Eric mandou mensagem dizendo que não conseguiria vir, o que me deu um certo alívio. Perto de mim as pessoas gritavam, animadas por pelo menos estar fazendo alguma coisa.
Passando por baixo do viaduto da Borges, uma guria do movimento estudantil emprestou um tambor pro Caíque. Ele estava de regata, bermuda, tênis, a meia até a metade da canela, marcando a panturrilha. Caíque passou a cinta do tambor pelo peito, agarrou o bastão e começou a tocar. Ele parecia um gurizão faceiro fazendo música, concentrado na própria vibe.
Uns meses antes o Caíque tinha visto num blog que tomar banho gelado ajudava na produtividade, e aí ele, que já gostava de tomar mais de um banho por dia, passou a acordar ainda mais cedo e se atirar debaixo da água gelada pra ativar a circulação e sentir um barato motivacional. Ele saía do banho tremendo e dançando, tipo agora na manifestação, batendo no tambor. Caíque usava esses truques pra tentar alcançar um objetivo impossível, e me incentivava a também estabelecer padrões altos na minha vida. Ele me fazia pensar: será que eu *deveria querer* ser a melhor drag queen? O melhor barista? Será que eu *deveria querer* um emprego mais promissor? Mas eu logo respondia pra

mim mesmo: não. Eu só queria dormir mais e fazer um feijão melhor e talvez um dia morar no interior. Caíque agora me olhava sorrindo e pingando suor. A gente ia ser feliz independente do destino, eu pensei. Eu porque deixava a vida escolher os caminhos por mim, e ele porque ia ser feliz de qualquer jeito, fosse guerrilheiro ou funcionário do mês. Talvez com outra pessoa o Caíque fosse *mais* feliz, ou *menos*, mas o brilho dele ia continuar lá, não importava com quem ele estivesse. Era como disse o Eric: não existia só uma pessoa no mundo pra gente. Essa ideia ao mesmo tempo fazia sentido pra mim e me deixava triste.

'Tudo bem por aí?', o Caíque perguntou, com um sorriso distraído. Falei que sim, e a minha mente voltou pra manifestação. Gritei umas palavras de ordem. A multidão seguiu pelas ruas da Cidade Baixa até se dispersar.

Fomos pra casa, tomamos uma ducha e nos sentamos no chão da sala. Abrimos um vinhão que já pegava pó na despensa fazia tempo, e conversamos, trocamos uns beijos, tiramos a roupa, e o Caíque me botou de joelhos e depois nos beijamos mais. Ele respirava devagar, agarrado em mim no sofá da sala, e aos poucos começou a dizer, 'Tu é meu putinho'. Dei uns beijos no pescoço dele. 'Tu gosta, né', ele disse. Resolvi não responder, e o resto do sexo foi mais tranquilo. Encostamos peito com peito, e depois que a gente gozou, esperei a respiração desacelerar e disse, 'Te amo'. Ele também precisou retomar o fôlego pra dizer, baixinho, 'Também te amo'.

Mais tarde, a gente pediu delivery de um xis vegano bem gorduroso e fomos dormir com o peso daquilo no estômago. Me revirei algumas vezes na cama e ouvi o Caíque se mexendo.

'Guri', eu disse.

'Sim?'

'Só pra ver se tu tava acordado.'

'Tô.'

'Quero te contar uma coisa.'

'Pode falar.'

Ele se sentou no encosto da cama, no escuro.

Eu falei pra ele sobre o que tinha acontecido no sítio: sobre como a minha mãe tinha ocupado boa parte da minha trip. Falei sobre o que eu senti, pulando a parte do sexo com os guris, e contei da conversa com o Eric no dia seguinte. Eu queria me abrir, e não sabia direito como, e foi isso que saiu.

'Bah', o Caíque disse. 'Então aconteceu bastante coisa no fíndi.'

'Foi.'

Eu não conseguia enxergar o rosto dele, mas ele parecia sério.

'Eu queria ter conhecido a tua véia, gurizinho', ele disse.

'Queria muito que ela tivesse te conhecido também.'

Caíque perguntou como eu estava me sentindo. Expliquei que eu não sabia bem como responder, mas que ainda ia conseguir.

'Quer dormir no meu peito?', ele perguntou.

'Quero', eu respondi.

Ele deitou de barriga pra cima e eu me encaixei debaixo do braço dele, e assim a gente passou a noite.

21.

Meu primeiro beijo foi com nove anos. Claro que na época eu nem entendia o que estava fazendo. Eu tinha visto beijos nas novelas e sabia que os atores davam beijos técnicos, e que um beijo de verdade tinha que ser com a língua. As duas pessoas precisavam inclinar o rosto pra um lado, e às vezes trocar de lado, enquanto abriam e fechavam a boca. Eu queria testar isso de algum jeito, e então lancei a ideia pro Kevin, o meu melhor amigo na época, e ele topou.

Fizemos isso na escola, no banheiro do segundo andar, que costumava ficar vazio no recreio. A boca dele estava melada de bala, e o Kevin não sabia beijar. Ele ficou com a boca parada enquanto eu mexia a língua. Eu disse pra ele fechar os olhos. De repente ouvi uma voz de adulto dizendo, 'Que que tá acontecendo aqui?'. Um professor pegou a gente pelo braço e nos levou pra sala da diretora. Ela perguntou se era verdade, e o Kevin disse que a ideia tinha sido minha. Eu confirmei. Horas depois, quando a minha mãe foi me buscar, eu me apurei pra ir embora, mas a diretora foi comigo até o portão da escola, onde a minha mãe me esperava, e nos chamou pra ir até a sala dela. A diretora contou o que tinha acontecido, e a minha mãe olhou pra mim, olhou pra diretora, me pegou pela mão e disse pra diretora que estava atrasada e não tinha tempo pra criancice.

No caminho de casa a minha mãe perguntou:

'Por que tu tava beijando o guri, Artur?'

'Eu queria ver como que era. Na novela eles fingem que é com a língua, mas é mentira.'

A gente estava passando por uma praça. Minha mãe parou de caminhar.

'Tu fez com a língua?'

'Fiz.'

'Beijar não é coisa de criança, Artur.'

'Não?'

'Que que a mãe do Kevin vai pensar?'

'Tu ficou braba?'

'Não. Eu, não.' Ela se agachou até a minha altura. 'Mas te comporta, guri. Quando chegar a tua idade, tu pode beijar. Tu ainda é um piá. Te acalma.'

Concordei e fomos pra casa assistir à novela com os meus avós. Teve uma cena de beijo, e vi a minha mãe tentando observar se tinha língua ou não.

Quem falava mais em casa era a minha mãe, e logo depois vinha o meu vô, competindo forte. Ele era motorista de ônibus aposentado, e a minha vó era dona de casa. Ele cantarolava músicas que inventava na hora, e reclamava de tudo. Meu vô dizia que era uma besteira as pessoas levarem garrafinhas de água pra tomar na rua, porque ninguém ia morrer de sede na rua, e afinal a sopa da janta já hidratava o suficiente. Eu amava muito ele.

Um dia ele não conseguiu se levantar e disse que a culpa era da minha vó, que não escutava quando ele se queixava de dor nas costas. 'Da última vez que tu foi no médico, tu só falou de futebol e não deu um pio sobre a dor nas costas', ela disse. 'Agora a culpa é minha.' Ela estava sempre pra lá e pra cá tentando agradar o meu vô, tentando agradar a minha mãe, tentando me agradar. Eu também amava muito a minha vó.

Ela morreu primeiro, o que foi um inferno pra minha mãe. Meu vô não sabia fazer as tarefas domésticas mais simples, e dependia da minha vó pra tudo. Se não fosse pela minha mãe, ele ia ficar sem comer. Minha mãe cuidava pra que as refeições fossem regulares e pra que ele tomasse os remédios — e ela ainda me levava e buscava na escola, ia comigo na praça todo fim de semana. Mas o meu vô já estava bastante debilitado. Quando perguntei o que ele tinha, a minha mãe disse que um bicho estava comendo ele por dentro.

Depois que os meus avós morreram, a minha mãe e eu trocamos a zona sul pela zona leste, num bairro mais próximo do serviço dela. Eu ia pra uma escola boa, e apesar do meu boletim só vir com notas suficientes pra passar de ano, a minha mãe dizia que eu ia continuar estudando depois do colégio. 'Eu não estudei', ela dizia, 'mas tu vai estudar.' A ideia de me ver formado era tipo um prêmio pra ela, a principal meta da vida. Os anos passaram e eu vi que muitos dos meus colegas da escola não pretendiam ir pra universidade. Mesmo com as cotas, também ia ser difícil eu passar nos cursos mais concorridos, e então na hora da inscrição pro vestibular optei por artes visuais, um curso fácil de entrar e que tinha a ver comigo. Quando contei pra minha mãe, os olhos dela se encheram de lágrimas. Ela estava certa de que a minha vida seria diferente da dela. Só que não era tão certo assim; ela ignorava que o curso de artes visuais não me daria segurança financeira. Passei de raspão na prova específica. Quando começaram as aulas e as festas e os encontros com vinho de garrafão na pracinha triangular na frente do Instituto de Artes, a minha mãe me fazia perguntas como se eu tivesse ido pra outro país. Como os alunos se vestem? Os professores são rígidos? Todo mundo se trata com respeito? Eu distorcia os fatos pra que tudo se encaixasse na fantasia dela. Ela ficaria muito triste se soubesse que eu nunca me formei.

Ainda no primeiro semestre da faculdade, cheguei uma noite em casa quando a minha mãe estava fazendo a janta. Na época ela era secretária na clínica de um dentista, e sempre chegava em casa antes de mim. A gente comeu carreteiro e tomou refri. Só reparei que tinha alguma coisa errada quando ela já estava chorando. Não foi um choro de se derramar, e sim uma lágrima que ela logo secou. Então ela começou a falar antes que eu perguntasse. Ela vinha sentindo umas dores no corpo, mas sempre deixava pra ir no médico depois. O medo era porque ela já tinha uma suspeita. Os exames acabaram indicando que ela tinha um câncer de mama bem avançado, que já tinha se espalhado pro pulmão e pros ossos. Ela ia começar um tratamento e provavelmente passar por uma cirurgia. Perguntei o que poderia acontecer — quais eram as chances. Não sei, ela respondeu. Eu queria que fosse verdade, que ela de fato não soubesse.

Tudo seguiu normalmente por um tempo. Eu pedia notícias e ela dizia que estava na espera de mais exames — sempre mais exames —, até que ela falou que ia começar a químio. Minha mãe cortou o cabelo curtinho, porque sabia que com o tratamento ia perder cabelo. Os fios foram caindo mais e mais, a ponto de eu encontrar cabelo em todo lugar: no sofá, na esponja de lavar louça. Um dia cheguei da faculdade e encontrei ela sentada na cozinha passando fita adesiva na cabeça. Ela olhou pra mim com a cara inchada e úmida e teve o impulso de esconder a fita adesiva de mim. Mas eu vi. A tira estava cheia de cabelos grudados. 'Filho', ela disse. 'Tu me ajuda?' Então eu mesmo cortei as tiras de fita adesiva e fui passando na cabeça da minha mãe. Não foi difícil. Os poucos fios já estavam quase caindo mesmo.

'Eu tô bonita?', ela perguntou, no fim.

'Tu tá linda', eu respondi. Eu achava a minha mãe linda, mas nunca tinha visto ela careca. 'Tu é linda.'

Nesse dia ela se olhou no espelho e sorriu. Essa cena abalou o meu otimismo. Na semana seguinte ela comprou uns lenços de cores diferentes pra amarrar na cabeça.

Quando eu era pequeno, ela acompanhava minha vó na missa, e muitas vezes eu tive que ir junto. Eu ficava entediado com o sermão do padre e queria ir brincar com as crianças no fundo da igreja. Quanto mais eu crescia, mais eu duvidava de religião. Com doze anos, sofri pressão da minha mãe pra fazer catequese, e respondi que eu não acreditava em nada daquilo. 'Respeito se tu não quiser ir, mas tem que ser muito bobo pra achar que não tem nada além dessa vida aqui embaixo', ela disse, e me fez jurar que eu acreditava em Deus. Com a morte da minha vó, a minha mãe passou a ir menos na missa, mas depois de descobrir o câncer, começou a frequentar uma igreja pequena que tinha aberto no nosso bairro. Ela foi a convite de uma amiga, pra ver como era, meio com o pé atrás de trocar o catolicismo por uma dessas igrejas novas, mas ficou encantada com o pastor e com a energia que ele passava pros fiéis, os vizinhos de bairro sentados nas cadeiras de plástico da igrejinha. 'Artur, eu queria que tu fosse comigo um dia', ela disse. Fui adiando o compromisso, com medo do que diriam no culto. Mas minha mãe não era tão influenciável, não ia acreditar em qualquer papo que um pastor dissesse em nome de Deus. O que ela via como certo e errado não ia mudar só por causa do culto. O que mudou, sim, foi o ânimo dela. A igreja fez bem pra minha mãe. Ela se agarrou em alguma esperança, e a cada domingo voltava mais otimista pra casa. Nunca contei pra ela que eu não acreditava em Deus. Fui deixando pra depois e não me arrependi.

Às vezes eu escutava a minha mãe vomitando no banheiro. Ela queria esconder os enjoos, e quando eu oferecia ajuda ela dizia que estava bem. O tratamento e os exames continuavam. Eu perguntava se ela ia mesmo fazer a cirurgia, mas ela não falava muita coisa. Até que um dia ela me contou que o médico tinha decidido suspender a cirurgia. Não ia adiantar mais.

Os meses passavam e ela emagrecia rápido e sentia cada vez mais dor. Ela continuava indo pro trabalho normalmente, e eu não duvidava que lá ela também escondesse os enjoos.

Um dia encontrei a bolsa dela aberta na sala, e dentro tinha um maço de cigarros. O médico tinha proibido a minha mãe de fumar. Levei o maço até ela e perguntei o que ela estava pensando da vida — na época eu já fumava, mas ela não sabia. 'Ai, filho', ela disse. 'Agora eu só quero fumar. Só isso.'

Liguei pro meu tio logo depois. Eu não via ele desde que eu era pequeno, mas depois do diagnóstico da minha mãe a gente retomou o contato. Falei que ela não podia mais trabalhar e perguntei o que fazer. Ele disse que podia ajudar, e me deu umas indicações.

Fomos pra um hospital na zona norte. Minha mãe recebeu um leito e um cilindro de oxigênio. Pedi demissão do emprego no café da UFRGS e passei a morar entre a nossa casa e o hospital.

Tinha uma poltrona onde dava pra dormir, mas às vezes eu precisava ceder o lugar pra alguém da família de outro paciente, já que o quarto era compartilhado. Minha mãe insistiu que eu continuasse indo pras aulas durante o mês em que ela esteve internada. Eu vivia no ônibus, entre o hospital e a faculdade, entre a faculdade e a nossa casa, a nossa casa e o hospital. Eu mal dormia, não prestava atenção nas aulas, e a minha mãe estava triste. Triste de verdade. Às vezes ela olhava pra mim no meio de uma conversa e dizia alguma coisa num tom importante. 'Tu é tudo o que eu tenho.' E também, 'Nunca esquece quem tu é'. Ou, 'Tu vai ser sempre a minha coisa querida. Não importa o que aconteça. Tu vai ser sempre o meu gurizinho da mãe'.

Então ela morreu. E eu continuei cheio de perguntas. Eu não fazia ideia do que ia acontecer comigo, e me senti mesmo um gurizinho quando liguei pro meu tio pra dar a notícia. Quando vi ele, depois de anos, chegando com a esposa, nem consegui falar muito. Ele me deu um abraço e tomou conta das burocracias.

Eu já namorava o Caíque fazia dois anos quando contei pra ele que, além da minha mãe e do meu vô, duas das minhas tias-avós também tinham morrido de câncer. Ele encasquetou com aquilo, e uns dias depois me disse que tinha feito uma pesquisa na internet. Descobriu que existia um exame de mapeamento genético em Porto Alegre. Eles colhiam o sangue e mandavam pra Califórnia. Com o resultado, dava pra prever a probabilidade da pessoa ter câncer um dia, e em que parte do corpo. 'Claro, é uma bomba-relógio. Se tu faz o exame, tu fica com o troço martelando na cabeça a vida toda, só esperando o encontro marcado. Mas é uma segurança. Sem surpresas.'

Fiquei pensando naquilo.

'Ah', ele disse. 'Tem que pagar em dólares.' Ele me mostrou o valor já convertido em reais. Eu disse que ia fazer o exame em outro momento. Mas eu nunca teria coragem de fazer esse pedido pro meu tio, e eu não conseguia imaginar quando ia ter dinheiro pra pagar um exame tão caro.

22.

Os dois meses seguintes foram estranhos. Caíque ia jogar futebol toda semana com o Eric. Ele chegava suado, quase à meia-noite, e ia direto pro banho. Depois ele me contava como tinham sido os gols, as piadas, os litrões. Mas a cada semana ele falava um pouco menos, quase como se prestasse um relatório. Então, toda vez que ele desligava o chuveiro, comecei a fingir que eu dormia. E fingia tanto que, no meio da encenação, acabava pegando no sono mesmo.

Nos outros dias da semana, quando ele chegava em casa de noite, cada um fazia um resumo do seu dia, e eu sempre achava que faltava alguma coisa. Era como se a gente evitasse certos assuntos.

Antônio nos chamava quase todo sábado. Às vezes a gente se encontrava num bar ou em algum lugar ao ar livre, mas quase sempre íamos pro apartamento do Antônio. Enquanto eu cozinhava com ele, o Caíque e o Eric tomavam cerveja no sofá. As conversas ficavam divididas assim, até que o Antônio levantava a voz e introduzia algum assunto pra incluir todo mundo. Nessas horas o Caíque demonstrava bastante desenvoltura. Se antes ele ficava tenso nos encontros com os guris, agora essa tensão hibernava. Caíque ria e fazia uns comentários inteligentes, prestando atenção em quem estivesse falando. E era até bem simpático com o Antônio. Antônio concordava com as observações dele e tentava impor uma parceria. Mas os esforços do Antônio acabavam parecendo só isso: esforços.

Fiquei meio mal das pernas nesses meses, sem muitos trabalhos de drag. Depois que passava o verão, diminuíam as festas, as formaturas — e o dinheiro. E assim passei a priorizar as noites em casa, vendo reality shows descartáveis e fumando um cigarro atrás do outro.

Um dia, no trabalho, peguei emprestado um livro da Clarice Lispector que a Ângela tinha me indicado, e li de uma vez só. Usei o desconto de funcionário e comprei mais dois livros dela. Eu ligava o abajur do sofá, me sentava no lugar do Caíque e me perdia naquelas frases imensas com emoções contraditórias. Eu me sentia enfeitiçado. Em alguns momentos eu achava que a voz que surgia daqueles livros era a voz da minha mãe. Quando reparava nisso, eu continuava a ler num ritmo constante, tentando não quebrar o encanto, imaginando o som da voz dela. Mas aquilo logo se dissipava, voltando pra um ponto em que a minha mãe não estava mais lá. E eu voltava pros meus próprios dramas.

Numa sexta-feira de abril, depois do trabalho, fui no súper fazer compras pro fim de semana. Eu não tinha planos, a não ser talvez assistir a alguma coisa na TV com o Caíque e beber. Recebi uma mensagem dele:

Gurizinho, vou dar uma saída. talvez chegue meio tarde. bjo.

Ele tinha mandado só isso. Minutos depois ele complementou a mensagem com uns emojis.

Eu sabia — ou achava que sabia — o que a mensagem queria dizer.

Empurrei o carrinho pelo súper e decidi pensar em outra coisa. Abri a lista de compras no celular e tracei um roteiro mental pelos corredores. No hortifrúti passei por um cara de regata e cabelo longo e platinado que trocou uns olhares comigo. Me apressei pra chegar logo no caixa. Quando voltei pra casa, guardei as compras e tomei um banho com a luz do banheiro apagada, porque o Caíque dizia que isso era bom pra estimular o cérebro. Depois me sentei só de cueca na sala, fumei um pito escorado na janela e observei o céu arroxeado, as nuvens em zigue-zague. Notei um vizinho no prédio do outro lado da rua, numa sacada, também fumando. Ele parecia ter uns dez anos a mais que eu e estava sem camisa, só de bermuda. Tive a impressão de que ele olhava pra mim, e segui olhando pra ele. De repente notei que ele pegava no pau enquanto me encarava. Olhei em volta pra saber se o alvo da pegação no pau era eu mesmo. Os galhos de um ipê entre o meu prédio e o dele atrapalhavam a minha visão, embaralhando o foco. Fiquei hipnotizado, achando que o cara era uma miragem. Quando ele passou o cigarro pra uma guria que apareceu do lado dele na sacada, desisti de ficar ali. Fui pro sofá, pus o computador no colo e abri uns vídeos recomendados pra mim. Vi uma análise da maquiagem da Lana Del Rey no clipe de 'Love', uma entrevista com a Fernanda Montenegro, um vídeo sobre masculinidade, um bate-papo com a Silvetty Montilla num spa e uma lista de temporadas de Drag Race ranqueadas da pior pra melhor, tudo com a velocidade aumentada. Enviei uma mensagem pro Antônio:

Tá por aí?

Vinte minutos depois, ele mandou, *Yes.*

Perguntei se ele tinha planos.

Não, ele respondeu. *Pq?*

Pensei em chamar vocês pra fazer alguma coisa.

Aceito!

Tu tá com o eric?, eu perguntei.

Não. Eric tá na casa dele.

Respirei fundo. Pus o celular de lado e botei uma playlist na caixa de som. Peguei uma cerveja e voltei pro sofá.

Antônio tinha mandado mais uma mensagem:

O caíque tá aí?

Não, eu respondi.

Antônio digitou alguma coisa e apagou.

Depois mandou, *Ah bom*. E então, *Onde ele tá?*

Respondi que eu não sabia.

Aumentei o volume da música e senti o copo de cerveja esquentar na minha mão.

Logo depois acompanhei a tentativa do Antônio de escrever uma mensagem, digitando e apagando, sem se decidir, até que ele mandou, *Tu sente que tá rolando alguma coisa?*

Meu rosto gelou. *Como assim*, eu perguntei.

Entre ele e o eric.

Bloqueei a tela e acendi um cigarro. Fui atingido por uma injeção de adrenalina.

Sim; a resposta era sim. Peguei o celular e digitei: *Sim*, e enviei.

Que bom, o Antônio mandou. *Achei que eu tava ficando louco.* Passou meio minuto e ele mandou, *Amigo, onde a gnt vai parar?* Passaram mais dois minutos e ele mandou, *Tenho achado engraçado como o eric evita falar do caíque, como se fosse um assunto proibido.*

Fiquei um tempo considerando essa informação. Terminei de fumar o cigarro e acendi outro. Tomei todo o copo de cerveja e me servi mais.

Antônio perguntou se eu queria ir até a casa dele conversar. Fazia tempo que a gente não se encontrava a sós, até porque fazia tempo que ele não me convidava. Evitei o celular por uma meia hora e depois respondi que eu já estava de pijama. *Tu usa pijama?*, ele perguntou. Respondi que era modo de dizer.

Talvez o convite do Antônio fosse menos pra conversar e mais pra consumar uma foda de vingança, mas nenhuma das duas opções me atraía. Dei a ideia da gente ver um reality show, os dois ao mesmo tempo, cada um na sua casa, comentando por mensagem. Escolhemos debochadamente um programa em que os participantes, separados por paredes, precisavam encontrar o par ideal, sem poder se ver; não prestei muita atenção.

Quando fui dormir, vi uma mensagem do Caíque que dizia, *Vou pra casa só amanhã. to bem. bjo.* Estalei os dedos e rolei por feeds até o sono bater de verdade.

Acordei cedo no dia seguinte e pus umas roupas pra lavar. Passei aspirador na sala e fiz uma faxina no quarto e no banheiro. Eu queria que estivesse tudo limpo quando o Caíque chegasse. Limpei e organizei a geladeira. Limpei e organizei o armário.

Pensei: será que se o Caíque terminar comigo vai ser difícil achar outro namorado? Vou encontrar alguém logo ou vou ficar um tempo na fossa? Pensei: a gente vai continuar se amando em segredo depois do término? A gente vai voltar a namorar um dia? Alguma coisa vai nos unir pelo resto da vida? Pensei: será que a gente vai ser amigo? Será que a gente vai se encontrar, cada um com o seu namorado novo, e fazer um churrasco civilizado — será que o meu namorado vai saber assar que nem o Caíque?

Fui comer no restaurante da esquina. Recebi uma mensagem do Antônio perguntando o que poderia ser mais gay do que uma troca de casais entre dois casais gays, e a resposta que ele mesmo deu foi, *20 caras chupando 10 picas.* Voltei pra casa e o Caíque ainda não tinha chegado. Fumei três cigarros seguidos.

De tarde a temperatura subiu. Liguei o ventilador de mesa; ele fazia barulho, mas as pás não giravam. Eu só queria me deitar no sofá e descansar, mas o calor me incomodava. Se o Caíque estivesse em casa, ele ia pegar as ferramentas dele e em quinze minutos o ventilador ia estar funcionando.

Pelas seis da tarde, comentei numa publicação do Iarte e puxei assunto por mensagem. Iarte me disse que não aguentava mais morar com os pais e que também queria vir pra Porto Alegre. Me contou que vinha ficando sério com uma vizinha de bairro — era comum, quando eu ia pra Igrejinha, ele me falar da guria do momento —, e que estava bem engajado nela, mas que não tinha vontade de namorar, de ter um compromisso: isso dava preguiça. Tentei falar com ele de um jeito descontraído, largando uns conselhos no meio, mas sem soar como um irmão mais velho, e sim como um bróder.

Caíque só chegou de noite. Perguntou como tinha sido o meu dia, e eu disse que não tinha feito nada, mas ele olhou em volta e elogiou a faxina. Fora isso, ele não disse muita coisa. Fiquei aflito e confuso e sem conseguir falar, mas também aliviado por ter o meu namorado de volta. Fomos dormir desse jeito, sem tocar no assunto do sumiço dele.

A semana seguiu de um jeito parecido, mas logo o clima se normalizou. A gente transou na segunda e na quarta, e cozinhamos juntos na quinta. Cheguei a pensar que eu tinha imaginado coisas. Caíque me tratava como se nada tivesse mudado. Tudo parecia estar no lugar certo.

Mas na sexta-feira o Caíque chegou do trabalho com tesão — pesquei só pelo tom enfático do 'oi'. Ele me beijou, e em pouco tempo senti o pau dele duro através da calça, e a gente foi pro quarto. Depois de me botar pra chupar ele, o Caíque disse:

'Ei. Que que tu acha de — se hoje eu der pra ti?'

Pedi pra ele repetir a pergunta. Olhei pra ele com choque e fascinação e raiva.

Desde que a gente se conheceu, eu só tive acesso a dois Caíques: o ativo dominador e o ativo safado brincalhão. As duas versões se misturavam às vezes. Quando eu e o Caíque nos encontrávamos sem querer no bairro, ele sorria de longe e se aproximava e fingia que não me conhecia e me dizia algo tipo, 'Com licença, eu não pude deixar de notar que tu é um puta dum gostoso, e eu gostaria de te comer de quatro, se tu não for fazer nada hoje'. Um dia a gente se perdeu na feira, e quando ele me achou ele fingiu que era um verdureiro e se ofereceu pra me mostrar a berinjela, e acho que uma senhora ouviu. Uma vez ele pechou comigo comprando cigarro no mercadinho e disse que queria me fumar.

Não era como se eu não gostasse. Caíque sabia me fazer rir quando a gente transava. Era meio irresistível, o guri com um sorriso debochado pedindo pra eu chamar ele de cachorrão. Ele perguntava onde eu queria que ele gozasse, e por hábito eu respondia, 'Tu que manda', e ele concordava com a cabeça e dizia, 'Bem lembrado'. O problema era que, se eu fazia qualquer tentativa de inverter os papéis, ele logo me botava no meu lugar.

Mas hoje ele queria dar pra mim.

Não tinha muito mais que eu pudesse dizer. Eu disse, 'Sim, óbvio'.

Caíque pegou a camisinha na gaveta e apertou o tubo de gel com toda a força; saiu uma quantidade absurda. Parecia um sonho, mas estava prestes a acontecer de verdade. E aconteceu.

Foi uma sensação bizarra, além de uma delícia; me senti apaixonado, mas de um jeito distorcido — talvez do jeito como os casais se sentem quando estão se conhecendo, com a diferença de que, no nosso caso, era só o meu pau e o cu dele. Eu não conhecia o cu do meu próprio namorado: foi isso que ecoou na minha cabeça na hora, feito um mantra.

Eu não sabia ser ativo dominador, até porque eu não praticava essa técnica com o Caíque, e então o sexo foi lento, curtido, só carícia e sem marra, como eu desejava fazia um bom tempo. O cu do Caíque era tipo estar dentro de um bolo quentinho. Senti o meu destino trocando de rota. Senti a ativação da minha saliva. Senti uma overdose pesada de tesão.

E o Caíque também. A gente tinha trocado de lugar, e ele gemia, pelo visto sem dor. Cinco minutos depois eu tinha gozado e ele também. 'A gente precisa fazer mais isso', ele disse, e beijou a minha bochecha algumas vezes, e eu concordei, contrariado.

Fui pra sala e fingi que estava lendo. Mas eu me sentia eu mesmo um personagem da Clarice Lispector numa crise existencial ambígua. Agradeci mentalmente pro Eric e ao mesmo tempo desejei que ele figuradamente tomasse no cu.

23.

Caíque e eu seguimos numa paz armada, por assim dizer. A gente preferiu a calmaria e o silêncio. Nenhum dos dois queria se mover muito, com medo de que tudo desmoronasse. Ou ao menos era essa a minha impressão.

No último sábado de abril, a gente foi pular carnaval com os guris num bloquinho fora de época que tinha fechado a rua ali pelos lados do Menino Deus. Coincidiu de ser justo num fim de semana de sol e calor, e a cidade inteira saiu pro bloco. Era gente pra todo lado usando cores primárias e óculos escuros. Encontramos os guris e paramos num ambulante; compramos Corote. A gente rebolou perto de um trio elétrico, sentindo o asfalto queimar os chinelos.

Depois de beber um tanto, me afastei pra mijar. Desviei das pessoas e fui até o muro de uma escola, numa rua lateral. Na volta vi de longe o Artur, o xará que eu tinha conhecido na João Telles. Ele estava sozinho, com cara de louco, de short colado e um acessório com tiras de couro no peito. Abaixei o rosto, e por sorte ele não me viu.

Caminhei discretamente pro meio do rolê, procurando o Caíque.

Antônio tinha ido comprar mais bebida. Nem o Caíque nem o Eric repararam quando eu cheguei, ofegante, do lado deles. Os dois conversavam e riam. Faziam gestos com as mãos. Dançavam. Eu me sentia bêbado e confuso, fora do ar. Cheguei mais perto e disse, 'Oi', e só então eles se viraram pra mim, sorriram, voltaram a dançar.

De noite fiquei em casa enquanto o Caíque foi visitar o Dener, um amigo da faculdade que andava meio sumido. Tentei ver um filme, mas não consegui prestar atenção. Imaginei o Caíque e o Dener se atualizando sobre a vida amorosa de cada um. Dener falaria da guria com quem ele ficava em segredo fazia meses, a ex-namorada de um amigo. Durante a primeira metade do encontro, o Caíque diria que aquele romance era uma furada, mas depois ia concluir que os desejos do Dener eram legítimos — eu já tinha presenciado esse roteiro mais de uma vez. Caíque falaria de mim e dos guris no dialeto hétero que ele reforçava perto dos amigos héteros. Ele mostraria uma selfie de nós quatro no bloquinho e o Dener diria, *Ah, não, meu bruxo, tu é palmiteiro, hein, nunca vi gostar tanto de gente branca*, e o Caíque ia rir e dizer, *Pode crer, meu véio, mas a real é que o rolê saiu do controle, né, tô até me engraçando com esse magrão de cabelo preto na foto. Mas, tá*, ele ia dizer, *foi o Artur quem começou com esse lance de ficar com os guri, né. Agora ele que se aguente.*

Cansado de noiar, pausei o filme, deitei na cama e liguei pro Raí. Ele me contou que estava vendo um guri — 'só *um guri*' — fazia dois meses. 'Quase uma eternidade, Artur. E pior, é meu vizinho.' Perguntei como tudo tinha começado. 'Tu não tem noção', ele respondeu. 'Quando eu *vi* ele no corredor — eu quase caí pra trás. Gostoso, *gostoso*, sabe, daqueles por quem tu vende tua família inteira em troca de uma foda.' Raí me mandou o perfil do cara, e eu considerei a venda do Caíque. Raí continuou. 'Um dia ele me deu uma encaradona no elevador. Sendo que na hora eu tava *com um tesão*, guria, *de padre*. Assim, *de sacerdote* mesmo, aquela coisa reprimida de uma vida inteira. Ele veio na minha casa, daí. Foi uma loucurada. Depois a gente se abraçou na cama e dormiu. Ele dormiu aqui.' Eu ri e perguntei, 'Dormiu, é?', e o Raí respondeu, 'Pra tu ver. Ninguém nunca tinha dormido na minha cama depois do acasalamento. Na hora eu pensei: e não vai ser hoje. Não vai ser hoje a primeira vez. E pior que foi', ele disse, e riu. 'Agora a gente tá se vendo direto. Tá quase um matrimônio.'

Uma brisa gostosa entrou pela janela. Fiquei feliz pelo Raí: finalmente ele parecia interessado em alguém. Eu já tinha ouvido tantos relatos das fodinhas do Raí que me surpreendia que ele estivesse vendo um mesmo cara regularmente. Olhei pra mesa de cabeceira do Caíque: os óculos, uma garrafa de água, um suplemento de zinco.

Mas por que justo eu, na minha situação, estava torcendo pro Raí se interessar por alguém a sério? Como se existisse uma hierarquia de sentimentos. Como se o namoro fosse alguma garantia. Era capaz do Raí ser muito mais feliz sem se envolver — sem se incomodar. 'Ai, amigo', o Raí disse. 'Vamo ver o que acontece.'

Raí perguntou se eu continuava vendo 'o outro casal' e quis saber como o Caíque vinha lidando com isso. Contei sobre os últimos acontecimentos: o futebol, o bloquinho, os novos truques do Caíque na cama. Raí me interrompia a cada tanto.

'Não acredito que a Caíca tá ficando com esse boyzinho, agora', ele disse.

'Não sei. Ao que tudo indica, sim. Mas ele não me fala nada.'

'Pergunta pra ele, gay.'

'Eu que não vou perguntar.'

'Por quê?'

'Não sei', eu disse. 'Ele que me conte.'

'Mas descobre, gay.'

'Como?'

'Sei lá eu. Dá teus pulos.'

'Nem sei se eu quero descobrir.'

'Ah, tá, né, gata, agora que o Caíque se convenceu que pular a cerca é gostoso, tu tá te sentindo a própria usurpada. Que que houve? Não era o que tu queria?'

Pensei na pergunta por um tempo. Eu já tinha ficado com o Eric várias vezes, e pelo jeito ele estava ficando com o meu namorado, o cara com quem eu dividia a minha vida. O cara com quem eu dividia a vida estava de pegação com um guri com quem eu já tinha ficado várias vezes.

'Sim', eu respondi. Era o que eu queria.

Na sexta da semana seguinte eu e o Caíque nos esparramamos no sofá e começamos uma série argentina que tinha acabado de estrear. Envolvia bruxas e ocultismo. Caíque pegou o celular duas vezes, eu reparei, ainda no primeiro episódio. Na terceira vez ele sorriu pra tela, segurando o celular com a mão inclinada. Não dava pra ver o que era.

Caíque não era o tipo de pessoa que sacava o celular no meio de uma série. Ele ficava com os olhos grudados na TV e me xingava se eu não prestava atenção, dizendo que depois era ele que ia ter que me explicar o que tinha acontecido.

Fui no banheiro antes do segundo episódio, e quando voltei ele estava de novo com o celular na mão. Dei play na série, e uns minutos depois vi mais uma vez, pelo canto do olho, a tela acesa, e perguntei:

'Que que tem de tão interessante aí?'

Caíque respondeu:

'Foi mal aê, gurizinho. Vou focar.'

Ele deixou o celular no apoio do sofá. Durante o episódio o celular vibrou algumas vezes com notificações. Depois parou. Me perdi na história da série: as pessoas desapareciam misteriosamente e ninguém sabia o paradeiro delas.

Peguei no sono em algum momento e acordei com a mão do Caíque no meu ombro. Ele disse pra eu ir pra cama. Me levantei e fui escovar os dentes e depois me enfiei debaixo das cobertas. Caíque seguiu na sala. Deitei a cabeça no travesseiro e dormi.

No dia seguinte acordei com a luz do sol. Caíque dormia do meu lado.

Me levantei e reparei no celular dele carregando na mesa de cabeceira.

Pensei nas crises de desconfiança do Antônio, que já tinha mexido no celular do Eric mais de uma vez, e me achei ridículo por considerar essa possibilidade agora, com a perspectiva invertida — eu namorava o guri com quem o Eric provavelmente conversava.

Esqueci o celular por um momento e fui pra cozinha. Comi metade de um mamão, esquentei água pro mate, preparei a erva. Me sentei perto da janela com a cuia e a térmica a postos. Olhei pros prédios ao longe. Naquele horário a rua continuava silenciosa.

'Assim que eu gosto de acordar', o Caíque disse, chegando na sala uns minutos depois, com um olho aberto e outro fechado. 'Chimarrão pronto, meu guri me esperando.'

Caíque me deu um beijo e eu servi o mate pra ele. Ele largou o celular em cima da mesinha do lado do sofá.

'A gente tem programação pra hoje?', ele perguntou.

'Não que eu saiba.'

'Podemo dar uma banda.'

'Sim.'

Tomamos mate, sentimos o vento e ficamos em silêncio debaixo do sol.

O interfone tocou e interrompeu a nossa paz. Caíque foi atender. 'É uma encomenda pra mim', ele disse, e foi pro quarto calçar o chinelo.

Meu rosto ficou quente.

Era isso. Era a minha chance.

Caíque bateu a porta e me deixou sozinho, de frente pro celular dele. Me aproximei e digitei a senha — ele usava a mesma desde sempre. Abri direto na conversa com o Eric.

Os dois falavam sobre a série que eu tinha visto com o Caíque na noite anterior.

Subi rápido a conversa pra tentar descobrir mais. Parei numa parte em que o Caíque dizia que tinha amado o rolê, e o Eric respondia com um emoji de anjinho. Meus dedos tremiam.

Eu estava de olho no Caíque pela janela: ele tinha aberto o portão e agora conversava com o entregador, passando o número do documento dele.

Abri a galeria de imagens da conversa. Vi prints e memes e, subindo um pouco, fotos. Selfies de vários momentos do dia.

E nudes.

A maioria eram do Eric (umas fotos bonitas e bem enquadradas), mas também tinha uma série de nudes do Caíque: fotos no espelho do nosso quarto e de um lugar que imaginei que fosse o banheiro do trabalho dele. Fotos do pau e da bunda.

Eu nunca tinha recebido uma foto da bunda do Caíque. Eu nem lembrava a última vez que ele tinha me mandado nudes. Caíque dizia que tinha vergonha de tirar foto pelado.

Voltei pra conversa dos dois, e no momento em que o Caíque entrou pelo portão chegou uma mensagem do Eric: *Bom dia*. E junto veio uma figurinha bastante explícita.

Fechei a tela e larguei o celular em cima da mesa. Ouvi os passos do Caíque subindo as escadas. O celular vibrou de novo. Li a notificação na tela de bloqueio: *Ei, tá aí?* Eu tinha visualizado a primeira mensagem sem querer.

Caíque entrou e começou a abrir a encomenda. Eram roupas que ele tinha comprado pela internet. Fui pro quarto e fingi que mexia no armário. 'Vem ver o que tu acha', ouvi ele dizer da sala.

Voltei vestindo uma bermudinha e uma camiseta limpa. Peguei a carteira e as chaves no balcão.

'Tô indo no mercadinho comprar cigarro. Quer alguma coisa?'

'Pô, só vê o que tu acha antes', o Caíque disse, experimentando uma camisa vermelha.

Dei uma olhada nas roupas, sem esperar ele provar tudo. Eu disse que já estava ansioso sem cigarro.

'Tá bom', ele disse. 'Vai fumar, então.'

Bati a porta, desci correndo as escadas e saí do prédio. Passei reto pelo mercadinho e andei sem olhar na cara de nenhum pedestre. O sol queimava a minha cabeça e refletia nas vitrines dos estabelecimentos, nos vidros dos carros, no asfalto. Atravessei a João Pessoa e o meu celular começou a tocar. Era o Caíque.

'Vem pra cá.'

'Oi?'

'Vem pra cá. Vem pra casa.'

'Que que houve?'

'Vem.'

Voltei apertando o passo. Tentei pensar em tudo que eu gostaria de falar pro Caíque, mas nada me ocorreu. Cheguei no prédio, subi até o nosso andar e abri a porta de casa. Caíque estava sentado de frente pra janela, usando uma camiseta com a etiqueta pendurada.

'Tu mexeu no meu celular?', ele perguntou.

Atravessei a sala e sentei no sofá.

Caíque projetou a cabeça pra frente. 'Mexeu, né', ele disse, ajeitando os óculos no nariz. Ele deu um sorriso irônico. 'Eu não tô acreditando. Tu já fez isso outras vezes?'

'Não. Foi a primeira.'

'E por quê? Por que que tu fez isso?'

Eu não tinha muito o que dizer. Eu disse, 'Ontem tu não largava esse celular'.

Caíque ficou em silêncio por um momento. Ele foi até a cozinha e encheu um copo com água da torneira. Então voltou pra sala e ficou de pé, perto da janela, e deixou de lado o copo e se serviu de mate.

'Artur, é sério isso?'

'O quê, Caíque?'

'Como, "o quê, Caíque?"' Ele balançou o celular no ar. 'Tu lê as minhas conversas, agora?'

'Ah, não sei', eu me ouvi dizer. 'Tu manda foto pelado, agora?'

A postura dele se desfez.

'Artur, tu tá *louco*?'

'Eu vi, Caíque. Eu vi.'

'Eu sei que tu *viu*.'

'E aí, como que a gente fica?'

'Não era pra tu ter *visto*.'

'De onde veio isso de mandar foto pelado? Quando que tu manda foto pelado pra mim?'

Caíque encolheu os ombros. 'Não inverte, Artur. Eu acabei de descobrir que tu fuçou o meu celular. Tu que tem que te explicar.'

Olhei pra um canto da sala. 'Eu só queria entender por que que vocês não param de se falar. E por que tu tá tão estranho.'

'Eu tô estranho?'

'Agora tu só conversa com ele. Tu anda pra cima e pra baixo com ele.'

Caíque pegou o copo de água e aproximou da boca, mas desistiu de beber. 'Não sabia que isso te incomodava. É tipo tu, quando andava pra cima c pra baixo com o Antônio.'

'Ah, então tu fez isso pra se vingar?'

'Que se vingar, guri? Tu bebeu erva podre? Foi tu que começou de putaria com essa gurizada.'

'E tu era contra.'

'Eu era, né. Eu fiquei inseguro. Eu fiz o *esforço* de conviver com eles pra *tu* te sentir melhor.'

'Essas fotos foram pra eu me sentir melhor?'

Caíque se encostou na janela e soltou o ar pela boca.

'Que que tu queria, afinal, Artur? Que que eu fiz de errado?'

'Nada, Caíque.'

'É sério. Responde.'

Cocei os olhos com a palma das mãos.

'Tu manda nude pra ele no meio do trabalho? Por que tu sempre me diz que não gosta de mandar — que tem medo de *se expor*? Parece que tu confia mais nele do que em mim.'

Caíque deu outro sorriso irônico e disse, calmo, 'Que bom momento pra cobrar que eu confie em ti. É pra eu confiar no namorado que me sacaneia pelas costas, mexe nas minhas coisas?'.

'E tu não tá me sacaneando pelas costas também?'

'*Oi?*'

'Tu também tá de "putaria de gurizada", não tá?'

'Como assim, Artur? Achei que tu tava tranquilo com isso.'

'Então por que tu não me contou?'

'Sei lá. Eu não consegui. Tu também não me conta dos magrão com quem tu fica.'

'Tá, mas é o *Eric*.'

'E daí?'

'E daí que é diferente.'

'É? Por quê? Porque agora fui eu que resolvi conhecer outra pessoa?'

'Não é isso.'

'É o quê, então?'

'Eu não vou explicar de novo.'

Caíque uniu as sobrancelhas.

'Tu ainda não explicou nada, Artur. Tu tá tendo a mesma crise que eu tive uns meses atrás. Sendo que naquela vez tu só cagou pra mim.'

'Para, Caíque. Não é isso.'

'É o quê, então? Fala.'

'Tu chegou querendo *dar* pra mim. Depois de anos eu te pedindo.'

Caíque deu uma risada curta. 'E tu curtiu, não curtiu?'

'Fica quieto, Caíque.'

'Comé que é?'

'Que que tá acontecendo contigo?'

'Que que tá acontecendo *comigo*?'

'É, contigo.'

Caíque olhou pela janela e respirou fundo. Um silêncio curto seguiu. Dava pra ouvir os carros na rua e o Caíque bufando. O sol brilhava na pele dele.

'Tu te arrependeu de ter te metido nesse atrolho, né, Artur.'

Fechei a cara e não respondi.

'Olha o que que a gente virou', o Caíque disse. 'Um bisbilhotando a vida do outro.'

Ele ficou olhando pra mim, esperando uma resposta, mas de novo eu não respondi.

'Eu odeio falcatrua, Artur. Tu nunca foi egoísta — pesado desse jeito.'

'Nem tu, Caíque.'

'Que que eu *fiz*?'

'Nada', eu disse. 'Tu não fez nada. Parece até que eu nem tenho mais namorado.'

Caíque olhou pra mim e balançou a cabeça, pra si mesmo. E então foi pro banheiro.

Ele ligou o chuveiro e tomou banho e se vestiu no quarto. Continuei sentado no sofá. Pouco depois ouvi o som de um zíper, e então o Caíque passou pela sala sem olhar pra mim, com uma mochila nas costas. A porta emperrada fez um estrondo quando ele saiu, e o apartamento voltou ao silêncio.

24.

Fiquei com a casa só pra mim no sábado. Limpei a gordura do fogão, das paredes, dos armários da cozinha. A faxina já tinha virado rotina quando o Caíque desaparecia, mas dessa vez fiquei tenso de verdade. Talvez ele tivesse ido embora pra sempre. Talvez ele não quisesse mais morar comigo. Talvez a gente fosse terminar. A cozinha ficou com cheiro de limão.

De tarde participei do evento de uma empresa. Minha cabeça estava em outro lugar, mas por sorte o roteiro não era complicado. Fui com uma peruca loira até a bunda e um body de tule verde, girei a roleta do bingo dos funcionários e depois tirei umas fotos com o pessoal e vazei. Em casa me desmontei e fui comprar um engradado de cerveja no súper. Fiquei sentado no encosto da cama bebendo e fumando com o celular na mão.

Eu estava quase saindo de casa pra espairecer quando o anúncio de um aplicativo de pegação brilhou na tela do celular. Achei que era um bom momento pra criar um perfil.

Eu já tinha usado o aplicativo várias vezes antes de namorar o Caíque, e uma vez durante o nosso namoro, quando associei a minha conta às redes sociais da Karma. As conversas não davam em nada e terminavam sempre no mesmo ponto: ou os caras tinham aversão às minhas fotos montado, ou queriam que eu montasse eles. Essas duas situações se repetiram até eu cansar.

Mas agora resolvi tentar de novo, dessa vez com um perfil de boy.

Achei umas fotos na galeria do celular e pus o meu corpo magrelo pra competir com uma grade cheia de tanquinhos e peitões. Falei com vizinhos de bairro que me pediram nudes e perguntaram se eu tinha local. Mas mesmo que eu quisesse só transar, eu não ia correr o risco de chamar alguém. Eu queria acreditar que o Caíque chegaria a qualquer momento.

Falei com uns dez caras. Tentei estabelecer conversas, me abrindo sobre a razão de estar no aplicativo, mas logo percebi que todo mundo ali só queria fuder. Peguei no sono com o celular na mão.

No dia seguinte, segui conversando com uns perfis aleatórios, e decidi sair de casa. De manhã dei umas voltas pelo Brique, comprei um picolé e caminhei até o Gasômetro. Cheguei em casa exausto e com esperança de que o Caíque tivesse voltado. Mas ele só chegou de noite.

Eu estava de novo no sofá. Ele não falou comigo, só passou reto pro quarto. Foi dormir em silêncio.

A gente nunca brigava assim, de não se falar. Eu poderia forçar uma conversa, mas achei melhor esperar que os ânimos se acalmassem. Comecei a semana pensando nisso o tempo todo.

Na tarde de terça, no meio do meu trabalho, o Antônio ressuscitou o grupo com uma mensagem: ia ter uma baita festa eletrônica na sexta. *Essa nao dá pra perder*, ele disse. Esperei os outros se manifestarem. Eric logo respondeu, *Pilho muito*. E depois de uma meia hora o Caíque também: *Vamo dale*.

Eu estava cansado dos programas de casal. Agora que os casais estavam bagunçados, era pior ainda: a gente ia ter que fingir que tudo seguia do mesmo jeito. Eu tinha até o fim da semana pra fazer as pazes com o Caíque. Mandei no grupo, *Também topo.*

De noite, no nosso apartamento, o Caíque chegou do trabalho e me deu oi. Eu respondi, 'Oi'. Essa foi a nossa interação. A primeira vez que a gente se falou desde a briga do sábado.

Também reparei que naquela noite o Caíque trouxe trabalho pra casa, uma coisa que, por princípio, ele nunca fazia. Ficou mais de uma hora no sofá, sentado na frente do notebook.

Na quinta acordei e tomei duas xícaras de café. Abri o aplicativo de pegação e substituí a minha foto por uma sem camisa. Troquei mensagens por uns minutos e bloqueei vários perfis: gente me entupindo de nudes logo na primeira mensagem, uns loucos inofensivos, um casal mauriçoca com foto em protesto de direita. Era uma quantidade impressionante de gente escrota pra uma quinta de manhã. Me arrumei, fumei um cigarro na janela e me sentei junto do balcão da cozinha.

Antes de eu ir pro trabalho, um perfil sem foto veio falar comigo. Ele me cumprimentou e mandou uma foto de corpo. Era um menino magro de pele clara e barriga definida. Enviei uma foto de rosto.

E aí blz, qual a boa?, ele mandou.

Respondi que eu estava em casa de bobeira. Não falei que em breve eu ia sair pra trabalhar. Ele perguntou:

Ta a fim de q?

Eu estava mais interessado numa conversa do que em sexo. Respondi, *Sexo.*

Eu também, ele mandou. *Sigilo, pode ser?*

Pode. Namora?

Aham.

H ou m?, eu perguntei.

H.

Eu também.

E o que te traz aqui?, o cara escreveu. *Não tá bom o namoro?*

Quase ri com a pergunta. Mandei:

To aqui pra me divertir mesmo hehe. Mas o namoro ta bom sim. E o teu?

Uns cinco minutos depois ele respondeu:

Meu namoro ta medio. Baixei o app pra ver se meu namorado anda por aqui.

A mensagem me provocou uma sensação ruim. Me levantei, peguei um refri e me sentei no sofá, pensando no que responder.

Tendi, eu mandei. *Ta medio pros dois então?*

Aham. Imagino que pra ti tambem. Pra ta aqui procurando pica.

O perfil dele não mostrava a que distância ele estava de mim. Perto não era, senão apareceria na grade. Mas mesmo longe da minha casa, o cara poderia estar usando a função que explorava outras localizações no mapa, caso quisesse conversar com usuários da Cidade Baixa.

Não, eu respondi. *Com a gnt ta tudo certo. eu e o meu namorado podemos sair com outros caras.*

Legal. Se tá combinado, tem que se divertir... Tu tem saído com mta gnt?

Não muita.

Mas hoje tu ta por fuder?, ele perguntou, voltando pro tom normal do aplicativo.

Talvez, eu respondi. *Ou só trocar mensagem mesmo. E bater uma.*

Haha ta bom. Não foi assim que essa história começou.

Me levantei e olhei pela janela. Fui até o quarto e olhei na mesa de cabeceira do Caíque. Não vi nada fora do lugar. Me deitei na cama e reli a conversa. O usuário falava comigo como se soubesse quem eu era, como se quisesse me atingir. Caíque estava no trabalho, no meio do expediente.

Recebi outra mensagem: *Tem local aí?*

Tenho, eu respondi, e depois fiquei na dúvida antes de enviar: *Quer vir?*

Me bateu uma ideia: eu podia marcar a foda só pra saber quem era. Se fosse um cara qualquer, eu podia cancelar o encontro assim que tivesse certeza de que não era o Caíque. Até lá eu podia mandar mensagens mais específicas pra testar ele. Afinal, se o cara do outro lado fosse só um doido, ele só me bloquearia e pronto.

Eu precisava mandar uma mensagem clara e direcionada pro Caíque. Uma mensagem que machucasse ele. Eu queria que ele se arrependesse de aparecer anonimamente pra me encurralar.

Fui pra sala, deixei o celular em cima da mesa e fiquei caminhando de um lado pro outro. Logo peguei o celular de novo e mandei:

Na vdd nao sei pq falei que meu namoro tava bom. Ta uma merda haha. Não sei como fui parar com um guri tão louco. Foda descobrir isso no meio do relacionamento. Tu deve entender. Hehe se teu namorado for tão babaca quanto o meu, te aconselho a terminar com ele.

Meu coração bateu acelerado. O perfil demorou um tempo pra responder. A resposta foi:

Acho que vou seguir teu conselho.

Fui pro trabalho pensando nisso, confuso e com raiva.

Eu não imaginava o Caíque fazendo nada parecido. Falar comigo naquele tom e fingindo que era outra pessoa não era o estilo dele.

E mesmo assim continuei na dúvida. O papo todo sobre checar se o namorado estava no aplicativo era coincidência demais.

O usuário com quem eu tinha conversado não mandou mais nada, e eu também não. Isso não me impediu de abrir o aplicativo insistentemente no trabalho, num dia de pouco movimento. Outros perfis me chamaram. Alternei entre conversar com gente desconhecida e reler o papo com o perfil anônimo. No intervalo a Ângela perguntou o que tanto eu olhava no celular, e eu respondi que o meu namorado estava fazendo uma pequena cirurgia e ia me mandar notícias quando terminasse.

Pensei em mandar uma mensagem pro Caíque perguntando como ele estava, mas desisti; a gente não conversava direito fazia dias. Também pensei em mandar uma mensagem pro Antônio, marcando pra aquela noite a 'conversa' que ele tinha proposto. Mas deixei a ideia passar.

Mais pro fim do expediente, depois de trocar mensagens comigo no aplicativo, um moreno com uma mecha loira me chamou pra ir pras ruínas do anfiteatro perto do rio. Ele disse que lá era um point de pegação. A princípio não respondi. Arrumei as minhas coisas e saí da livraria. Andei duas quadras na direção de casa e parei no meio da calçada. Então abri o aplicativo e aceitei o convite do cara. Dei meia-volta e fui caminhando sem pensar muito, mais e mais rápido. Andei pela orla até o palco do anfiteatro, carcomido pelo sol e pela chuva, pichado de várias cores e com um gramado enorme na frente. Mais adiante, onde o gramado sofria uma inclinação, tinha um mato com homens vagando. O cara da mecha loira mandou uma mensagem dizendo que já ia chegar. Me sentei no topo da lomba e esperei.

As nuvens se espalhavam pelo céu rosado, e o céu rosado iluminava os caras na descida do declive — saindo de trás de árvores, caminhando sem rumo, que nem fantasmas. Antes que o sujeito do aplicativo chegasse, dois guris se sentaram a uns metros de mim, no meio da lomba. Um deles era alto e vestia um abrigo de esporte, e o outro era mais baixo e usava um boné virado pra trás. Eles me olharam fixo e depois pareceram desistir de mim, e então me olharam fixo de novo. Eu não sabia se devia olhar também. O menino de boné pra trás me encarava com a mão no pau, os dois ainda sentados na grama. Não consegui reagir, e eles continuaram me olhando, até que perderam a paciência e vazaram. Mandei uma mensagem pro cara da mecha loira dizendo que eu tinha tido um imprevisto, e fui embora também. Depois bloqueei ele.

No fim do dia o Caíque chegou em casa cansado e me deu um beijo na bochecha. Eu estava nervoso demais pra reparar no gesto. Assim que ele entrou no banho, abri o aplicativo pra ver a que distância estava o perfil que tinha falado comigo de manhã, mas fazia horas que ele não ficava online.

Caíque não deu nenhum indício de que era ele por trás do perfil. O beijo na bochecha poderia significar que ele não estava brabo — ou então isso era justamente o que ele queria que eu pensasse, e o beijo tinha sido só encenação. Resolvi não dizer nada. Afinal, se o usuário *não fosse* o Caíque, como eu ia explicar pra ele o que tinha acontecido?

Mas ele poderia mentir. Mentir seria bem fácil. Por que ele ia admitir que era ciumento e obsessivo àquele ponto, se podia só deixar quieto?

Ouvi ele roncando uns minutos depois de deitar. O vento da rua batia no vidro da janela, e eu estava na cama com o aplicativo aberto. Naquele momento, do lado do Caíque, decidi bloquear o perfil anônimo. Se aquele fosse o Caíque, ele que falasse tudo na minha cara. Cliquei no botão de bloquear, mas o aplicativo não deixou: veio o aviso um tanto desesperador de que eu já tinha ultrapassado o limite de bloqueios naquele dia. Eu só poderia fazer novos bloqueios dali a vinte e quatro horas. Tentei mais duas vezes mesmo assim. Eu tinha certeza de que no dia seguinte eu ia acabar mudando de ideia. Agora eu ia dormir, e depois, de manhã, eu ia desistir do bloqueio. Então apaguei a luz.

25.

Na tarde do dia seguinte o usuário anônimo me mandou uma mensagem: *Tu vai fazer alguma coisa hj?* Eu respondi, *Vou numa festa.* Uns minutos depois veio a mensagem: *Qual?* Mandei o link do evento e o usuário respondeu, *Tambem vou nessa festa.* Passou mais um tempo e ele mandou, *Quer se encontrar lá? haha.* O celular sugeria três opções de resposta automática: *Sim, Não posso* e *Quero sim, amor.* Eu respondi, *Sim.*

De noite o Caíque chegou do trabalho parecendo calmo; entrou no quarto e largou o casaco do terno na cama, do meu lado, tirou a camisa e o sapato e disse, 'Preparado pra hoje?'.

Antônio tinha dito no grupo que só iam divulgar o local da festa na última hora. Ele disse que geralmente era em lugares tipo embaixo do viaduto da Borges ou na rótula das cuias ou atrás do museu Iberê. Ele recomendou que a gente fosse com roupas leves. Dei uma olhada nas minhas roupas de drag e nas minhas roupas velhas e rasgadas ou meio bagaceiras e escolhi uma camiseta do Black Eyed Peas e um corta-vento e uma bermuda com a bainha desfiada. Caíque pôs tênis de cano alto e bermuda e uma regata alongada com uma jaqueta jeans. Ele estava gato pra caralho, o que não era nenhuma novidade mas acabou atrapalhando o meu humor.

Saímos de casa em silêncio. Fui ouvindo o barulho dos carros, e a minha mente foi pra outro lugar. Cruzando a fronteira do bairro, o Caíque perguntou como eu achava que seria a festa. Encolhi os ombros.

'Acho que vai ter droga, se é o que tu quer saber.'

'Ah, tranquilo. Não perguntei por causa disso.'

'Mas tu pode ficar só na bebida.'

'Beleza', ele disse. 'E tu vai fazer o quê? Só beber? Ou se drogar?'

'Não sei ainda. Vamo ver.'

Fomos caminhando quietos pela avenida, e reparei que às vezes o Caíque me dava umas olhadas. Dei umas olhadas pra ele também. Por um momento eu quis esquecer as confusões, acabar com as conversas frias. Já fazia tempo demais que a gente só tinha conversas frias. Pelo menos naquela noite eu queria falar direito com o meu namorado, mesmo que a gente ainda tivesse questões pra resolver — mesmo que fosse ele o tal perfil anônimo. Talvez eu nem me importasse mais com isso. Atravessamos a avenida e viramos na rua do Eric. No hall do prédio eu disse, 'Caíque'.

'Sim?'

'Desculpa por ter mexido no teu celular. Não sei que que me deu.'

Caíque ajeitou os óculos.

'Tá bom. A gente pode falar melhor depois. Hoje vamo curtir.'

Entramos no elevador e eu apertei o botão do andar. Antes que eu dissesse alguma coisa, o Caíque me deu um abraço. Enquanto o elevador subia, ele me apertou forte, respirando pela barriga, até que a porta se abriu. Caminhamos um do lado do outro no corredor.

Antônio nos recebeu de óculos de lente laranja e uma camiseta laranja de malha vazada. Eric estava no sofá, todo de preto, tomando uma limonada rosa com gim. Ele sorriu pra gente e se levantou pra nos cumprimentar, nos inundando com um cheiro de perfume e limonada. Caíque entrou no modo falador e perguntou se o Antônio sabia onde seria a festa, e o Antônio disse que ia ser num galpão na antiga área industrial da cidade. 'Vocês vão gostar', ele disse. Tomamos uns drinks em volta do balcão da cozinha, e durante a conversa notei que o Eric e o Caíque evitavam fazer contato visual. Eles falavam olhando pra mim ou pro Antônio, e eu não sabia o que concluir disso.

Ali pelas onze o Antônio chamou um carro. Quando a gente foi descer, ele pegou uma garrafa de água na geladeira e ofereceu pra gente. 'É pra curtir a festa', ele disse. Já era um hábito o Antônio aparecer com drogas, e já era um hábito eu só aceitar. 'É pra tomar quanto?', eu perguntei, e ele ficou feliz com a pergunta. 'Vamo tomando aos poucos, que isso aqui tá forte', ele disse. Em seguida ofereceu a garrafa pro Caíque, que respondeu, 'Eu tô bem, valeu'.

Antônio se sentou no banco do carona e perguntou quem de nós queria ser pai. O motorista, que devia ser um pouco mais velho que a gente, disse que não queria cuidar de criança nem a pau, e todos menos o Caíque concordaram com intensidades diferentes. Antônio disse que queria se aposentar num lar de idosos com vários amigos, fazendo ginástica e fumando maconha. Eric disse que na China não tinha um sistema de aposentadoria que nem o nosso; lá os filhos é que sustentavam os pais. O motorista contou que quase não convivia com os pais dele. Pedi pro Antônio mais um gole da garrafa.

Desembarcamos na frente de uma parede pintada de preto. A noite estava fresca, e a rua se movimentava em volta do galpão. Mostramos os ingressos, entramos e fomos parar num espaço enorme com muita gente concentrada no meio, o calor pingando das paredes. Em volta do DJ e das caixas de som, as pessoas dançavam afastadas umas das outras — gente de óculos escuros ou lentes de contato coloridas e blusinhas de tecido sintético, sandálias de tira, croppeds em peitos lisos. A batida era repetitiva e energética, e apesar de eu não me imaginar dançando a noite toda aquele tipo de música, a primeira meia hora passou rápido. A gente dançou e depois eu dei uns beijos no Caíque e fui comprar uma bebida. Abri o celular e vi uma mensagem do usuário do aplicativo: *Tu já tá aqui?*

Não respondi. Achei melhor não gastar energia com aquele cretino.

Eu não queria acreditar que o Caíque estivesse insistindo nessa loucura de perfil falso mesmo depois de me abraçar no elevador do prédio do Eric. Se fosse ele mesmo, eu ficaria furioso — mas essa era uma preocupação pro futuro.

Quando voltei pra pista, percebi que agora eu gostava mais da música. Senti a batida em compasso com a minha pulsação, o sintetizador tipo o fecho de um zíper dentro do cérebro. A festa se enchia de gente, e eu dançava cada vez mais vidrado, sentindo calor em todo o corpo, menos na pele. Na pele eu sentia frio, como se tivesse acabado de sair do banho.

'Tudo bem por aí?', o Caíque perguntou.

'Bah. Nunca estive melhor. E tu?'

'Tô achando meio palha, na verdade.'

'Toma um gole da poção do Antônio.'

Ele me olhou desconfiado, mas pensativo. Quando a batida aumentou de intensidade ele pediu a garrafa pro Antônio. Também tomei mais uns goles.

O primeiro DJ terminou o set, e as pessoas aplaudiram, e de repente eu vi um grupo de drags e trans e bichas começar uma performance no meio da pista. Era uma mistura de uma dança livre e despreocupada com voguing que em algum momento virou um banho de sangue falso que me deixou mais doido do que eu já estava.

No fim da performance perguntei pro Caíque, 'Tá sentindo alguma coisa?', e ele disse, 'Bah — sim'. Olhei em volta e não vi nem o Antônio nem o Eric por perto. Caíque estava dançando com movimentos decididos dos braços e das pernas, sorrindo como se tivesse chupado um limão; ele estava aproveitando a música, feliz por acompanhar o ritmo com o corpo. Dei um beijo nos lábios dele e ele me agarrou. O corpo dele fervia. Caíque respirou no meu ouvido e me abraçou como se a gente estivesse só nós na pista. Me veio um tesão instantâneo. Eu quis estar ainda mais perto dele, de algum jeito, mas percebi a minha mandíbula travando, e aí o beijo ficou difícil. 'Eu te amo muito', eu disse, e me lembrei da primeira vez que eu tinha dito que amava o Caíque, numa tarde na praça em frente à Santa Casa, depois de anunciar de manhã que eu tinha uma coisa pra falar pra ele; Caíque ficou transtornado de tão feliz quando eu falei, mesmo já intuindo o que era: uma frase boba e óbvia que a gente dizia até o ponto de perder o significado, mas que ainda assim era bom de dizer e de ouvir. Agora, na pista de dança, perguntei se ele me amava; ele respondeu que sim.

'Caíque.'

'Oi.'

Eu gritei pra ele conseguir ouvir:

'Me desculpa se eu falei alguma coisa da boca pra fora.'

Ele continuava balançando o corpo com a música. Minha boca estava perto do ouvido dele, e ele me segurava num abraço. 'Tá tudo certo, gurizinho.'

'Às vezes eu esqueço o quanto que eu te amo. E eu falo umas coisas que eu não devia.'

'Tá — mas do que tu tá falando?'

Respirei fundo.

'Era tu?', eu perguntei.

'Quê?'

'Era tu me mandando mensagem?'

'Que mensagem?'

Fiz uma pausa e então disse, 'Pode falar, Caíque'.

Ele parou de dançar e afastou o rosto. 'Eu não tô te entendendo.'

'Tu me mandou mensagem fingindo que era outra pessoa?'

Caíque pediu pra eu falar de novo, só que mais alto, e eu falei, e ele ficou um tempo tentando interpretar a pergunta. Depois ele riu — mas de um jeito sincero, sem ironia.

'Gurizinho, acho que tu tá drogado demais.' Ele me encarou, examinando as minhas pupilas no escuro. 'Quer que eu compre uma água pra gente?'

Caíque foi e voltou com a água, e os guris também apareceram e a gente dançou. Depois foi como se as horas passassem sem ordem, tipo uma playlist no modo aleatório. Volta e meia o Antônio sacava a garrafa e a gente tomava uns goles. Eu fechava os olhos e sentia o baixo da música melando a minha garganta. As pessoas em volta dançavam com a gente e sorriam e depois iam embora. Em algum momento me vi sozinho na pista. Dei duas voltas pelo galpão, procurando o Caíque.

No banheiro passei por dois viados de casaco de pele sintética conversando na entrada e por um guri de bandana lavando as mãos e por um fortão com um pirulito na boca que ocupava o mictório. Olhei no espelho e me vi suado, com as olheiras marcadas contrastando com os espaços vazios onde deveriam estar as sobrancelhas. Era pouco provável que alguém na festa sentisse atração por mim, eu pensei. Meu olhar estava vidrado, e de repente me lembrei da fatura do cartão de crédito e das contas que eu ainda tinha pra pagar. Decidi comprar mais bebida.

Abri o celular e vi uma mensagem que o usuário anônimo tinha mandado uns minutos antes, me dizendo pra encontrar ele do lado do bar. Não podia ser o Caíque, eu pensei, e considerei a possibilidade de que o usuário fosse, na verdade, o Antônio. Guardei o celular no bolso, peguei o meu drink e fui pra pista. No caminho, peguei o celular de novo e bloqueei o usuário.

Encontrei o Eric na pista, descabelado, me olhando de um jeito enigmático. Fiquei aliviado de ver ele. Eu já estava pensando que o Caíque tinha ido com ele pra um canto escuro se beijar ou algo assim. Naquele momento eu precisava do Caíque, precisava beijar ele, fuder com ele, dizer de novo que eu amava ele, e então olhei em volta, e como não vi sinal do Caíque acabei beijando o Eric. A mandíbula do Eric estava travada que nem a minha, mas a sensação da língua dele na minha boca foi tipo tomar água gelada. Depois o Eric sorriu pra mim e disse, 'Eu gosto muito de ti, Artur'. Eu disse que também gostava muito dele, e fui sincero. Lembrei que fazia muitos anos desde a primeira vez que a gente tinha se beijado, e senti por ele uma ternura entorpecida que me deixou feliz. Acendi um cigarro ali mesmo na pista e vi a fumaça subindo pro teto do galpão, vários metros acima.

A gente encontrou o Caíque e o Antônio dançando lado a lado, freneticamente. Eles nos contaram que tinham sumido pra dividir um maconhão no fumódromo. Com o grupo unido, me entreguei pra música. De vez em quando o Caíque me beijava, o Eric beijava o Antônio, e assim a gente seguiu até a luz do dia aparecer e estragar a ilusão.

Quando a gente chegou em casa, eu e o Caíque tentamos transar, mas ninguém conseguiu ficar de pau duro por muito tempo. Dormimos umas cinco horas, e eu acordei ainda tonto e cansado e com sede. A garganta queimava e eu sentia o fígado tremendo — ou talvez fosse o estômago, eu não saberia dizer. Um dos dois bombeava e pulsava dentro de mim que nem um coração.

26.

Recebi uma mensagem do Eric na terça de manhã: *O que tu vai fazer depois do trabalho?* A semana tinha começado calma. Eu finalmente estava em paz com o Caíque, mesmo sem ter conversado com ele sobre os últimos acontecimentos. A mensagem do Eric brilhou na tela do meu celular do lado da encomenda de doces que eu organizava enquanto ouvia a ladainha da Sabrina, que no fim de semana tinha visto filmes de cinco países árabes diferentes. Deixei que ela fosse falando no ritmo dela e fiz umas perguntas e então terminei de guardar os doces e me servi de café. Só abri a mensagem quando eu não tinha mais nada pra fazer.

Sem planos, eu respondi. *Pq?* Já fazia meses que eu só interagia com o Eric quando tinha mais gente em volta. Tirando, claro, a nossa recente troca de saliva.

Eric estava online. Ele mandou, *Quero te dar um presente.*

Digitei rápido: *Sério?*

Tu consegue estar às 19h perto do praia de belas?

Consigo, pq?

Marquei pra ti uma sessão com aquela moça que comentei no sítio.

OQ?

Tu topa?

Topo. Mas quanto é?

É presente. Depois me conta.

Ele mandou o contato da moça, e eu agradeci, ainda bastante intrigado.

Desde que a gente tinha ido pro sítio, o Eric demonstrava receio de se aproximar de mim, provavelmente por causa do rolo dele com o Caíque. Talvez as coisas tivessem mudado depois do nosso beijo. De qualquer forma, apreciei o gesto dele.

Na saída do trabalho peguei um busão até um prédio comercial na frente do arroio. Mostrei a carteira de identidade na recepção e apertei o nono andar num painel que parecia uma urna eletrônica. Entrei numa sala de espera com poltronas cor de goiaba, revistas velhas e um galão de água numa mesinha. Enchi a minha garrafa e tirei um pacote de bolacha da mochila. Às sete em ponto a porta do consultório se abriu. A mulher devia ter uns quarenta e poucos anos, e era loira, baixinha, e usava um vestido claro de linho. Apareceram rugas perto dos olhos e covinhas nas bochechas e embaixo do nariz quando ela sorriu.

'Artur?'

Eu me levantei. 'Sim, eu.'

Ela me observou por um tempo ainda com metade do corpo atrás da porta.

'Jandira, certo?', eu disse.

'Tu és uma pessoa muito amada', ela disse.

'Ah. É?'

'Tu tens um amigo que te ama muito.'

'Ah, sim', eu disse, constrangido, e concordei com a cabeça. 'É verdade.'

Jandira sorriu mais uma vez. 'Entra, fica à vontade.'

A sala era pequena e retangular. Na ponta oposta à porta tinha um balcão e uma janela que dava pra rua de trás. No meio da sala ficava um tapete, e em cima dele uma cama de massagem. Uma música de meditação tocava baixinho, e o ar-condicionado fazia o cheiro de lavanda entrar gelado pelo nariz. Ficamos em pé do lado da janela, e a Jandira olhou pra mim, esperando que eu dissesse alguma coisa. Como eu não disse nada, ela começou a falar. Ela disse que tinha atendido o Eric fazia anos, mas que ainda se lembrava bem dele. Se o Eric era meu amigo — ela disse — era porque eu devia ser uma pessoa do bem. Ela pediu pra eu contar um pouco sobre mim.

'Eu tô com vinte e três. Trabalho num café. E moro com o meu namorado.'

'E a tua família?'

'É o meu namorado. Ele é a minha família.'

'Hm.' Ela sorriu e fechou os olhos. 'Entendo.' E abriu os olhos.

'O mais próximo que eu tenho é um tio meio distante.'

'Certo. E no geral tu vais bem?'

'Ah. Sim. Um pouco confuso. Mas bem.'

Ela sorriu.

'Tu já fizeste alguma massagem de cura antes?'

'Nunca.'

'E tu sabes como funciona?'

'Não.'

A resposta despertou nela um prazer visível. Jandira respirou fundo e se inclinou pra perto de mim como se fosse me contar um segredo.

'Eu misturo várias técnicas', ela disse, arregalando os olhos e listando cada uma; todas tinham nomes em outras línguas. 'Já entendi o teu perfil. Tu tens um estilo mais contido. Mas eu recomendo tu te soltares. Não pensa muito, viu, querido — nem cria nenhuma expectativa. Só relaxa e te deixa levar, que a viagem vai ser inesquecível.'

Lá vinha mais uma viagem inesquecível financiada pelo mesmo casal rico, eu pensei.

Jandira fechava os olhos e falava com animação, mesmo que com certeza já tivesse repetido aquele discurso muitas vezes. 'Eu vou tocar no teu corpo', ela disse, 'mas sempre com muito respeito. E tu vais sair daqui te amando mais — mais ainda.'

'Tá bom', eu disse. 'Mas agora tu criou uma expectativa.'

'Não não não. Sem expectativas.'

'Tá bom', eu disse, e ela sorriu.

Jandira pediu pra eu ficar só de cueca, e eu tremi por ter que tirar a roupa naquela sala fria; ela me mandou sentar na cama de massagem e eu tremi de novo quando ela tocou a mão quente na minha testa. A música mudou, e a sala foi inundada pelo som de uma flauta; imaginei bambus e um lago com plantas boiando. Jandira me propôs uns exercícios de respiração. Primeiro ela disse pra eu respirar forte, inspirar e expirar, inspirar e expirar, prender a respiração por uns segundos, depois soltar e fazer tudo de novo. Então ela disse pra eu inspirar por uma narina e expirar pela outra, tapando um lado do nariz com o polegar e depois o outro com o dedo do meio. Notei que eu fazia bastante esforço pra realizar essas tarefas simples, mas persisti. Aquilo durou uma eternidade. Quando ela me mandou deitar, eu estava zonzo.

'Continua respirando bem profundo', ela disse. 'Eu vou ditando o ritmo.'

Depois ela disse pra eu respirar rápido, bem rápido, e eu respirei fazendo o som de uma bomba de bicicleta. Um ranho acumulado atrapalhava o processo, mas ela disse pra eu não dar bola e só seguir respirando. Ela começou a apertar o meu peito com os dedos, e depois o pescoço e a nuca e a cabeça. Ela passou a mão pelo meu cabelo e arranhou o couro cabeludo e disse pra eu respirar com força, fazendo barulho. 'Bota tudo pra fora', ela disse. Eu não sabia se ela queria que eu botasse o ranho pra fora ou alguma outra coisa. Depois de uns minutos eu esqueci o ranho e me concentrei em fazer o que ela pedia.

Meu corpo começou a formigar. Senti uns espasmos, como se uma corrente elétrica passasse por mim, e então comecei a me mexer, sem saber se eu devia, e ela disse, 'Isso, *isso*'. Ela passava a mão com força nos meus ombros e no meu peito, e eu abria e fechava os olhos e o meu corpo se mexia em várias direções. Pernas, braços, tudo começou a tremer. Ela seguia dizendo pra eu me soltar enquanto esfregava a mão na minha barriga. Senti o rosto dormente, e depois em chamas, e tive a sensação de que tinha muito ar dentro do meu corpo, muito ar e pouco espaço, e então comecei a chorar.

O choro foi vindo aos poucos e saiu primeiro de um olho e depois do outro e ficou mais intenso; as lágrimas começaram a escorrer. 'Pode chorar', ela disse. 'Não tem problema.' Escutando a voz dela, senti pânico e também calma: eu não entendia como eu podia estar chorando, já que eu nunca chorava. De repente notei que eu não tinha o controle da situação, nem perto disso, e que dentro de mim uma força tomava conta. Chorei não só de cair lágrima, mas também com a respiração, deixando a voz sair mais e mais alto. Deixei a voz sair até que a Jandira parou de passar a mão pelo meu corpo e segurou a minha cabeça e me abraçou. Fiquei com a cabeça encostada no peito dela, um peito quente e macio, e quando parecia que eu ia parar de chorar ela perguntou, com a voz calma, 'O que tu tá sentindo?'. E eu me ouvi dizer, 'Eu sinto falta do meu pai'.

Quando escutei essa frase sair da minha boca eu chorei mais; chorei de gritar, até perder o fôlego. Um tempo depois o ritmo do choro ficou mais lento, e ela passou a mão na minha cabeça. Me acalmei, e o choro acabou.

'Onde tá o teu pai?', ela perguntou.

'Não sei.'

Ela me olhou fixo. Os olhos dela eram castanhos, que nem os meus, mas as íris tinham uns raios verdes que pareciam correntes de um rio. Ela ameaçou sorrir, mas continuou séria, sorrindo com os olhos.

'Teu pai tá contigo todos os dias', ela disse. 'Pra falar com ele, é só olhar no espelho.'

No momento em que ela disse isso o meu choro voltou ainda mais alto e raivoso, e continuou por alguns minutos. Ela me abraçou até eu parar, então me deitou de novo na cama de massagem e me lembrou de respirar fundo. Eu sentia muitas coisas ao mesmo tempo, e queria ao mesmo tempo parar de sentir e sentir mais. Eu estava exausto.

Jandira fez uma massagem pra eu relaxar. Ela ainda me disse umas coisas que eu só pesquei pela metade, algo a ver com amar o meu próprio corpo e amar quem me amasse, porque o amor era bonito. Naquele momento nada daquilo me pareceu bobo nem óbvio, talvez porque eu estivesse bastante desnorteado. Ela terminou de falar e me deixou descansando por uns minutos. Senti uma leveza esquisita, como se tudo tivesse ido embora e eu estivesse vazio e novo. E assim a sessão acabou. Eu agradeci, e ela disse que eu podia voltar quando quisesse. Me levantei e botei a roupa e ela me levou até a saída.

Quando saí da sessão, mandei um áudio pro Eric agradecendo pelo presente, mas sem entrar em detalhes. Preferi contar tudo só pro Caíque.

Ele estava tomando uma vitamina de frutas quando cheguei em casa. Me sentei no chão da sala, e ele veio tomar a vitamina do meu lado. Comecei a falar e percebi o Caíque tenso quando contei que o Eric tinha me oferecido a sessão de massagem. Mas ele também ficou fascinado com a descrição da experiência, quase como se duvidasse do que eu contava, principalmente quando mencionei o meu pai.

'Daonde veio isso?', ele perguntou.

'Não sei. Nem ideia. A mulher disse que é normal.'

'Tu nunca falou do teu pai. Tu só disse que ele abandonou vocês.'

'Mas é só isso que eu sei mesmo. Lá em casa era um assunto proibido.'

'E tu sente falta dele?'

'Não sei. Não. Sei lá o que aconteceu.'

'Tu sabe onde ele mora?'

'Não. Talvez o meu tio saiba.'

Caíque fez uma pausa. Então ele disse, 'E tu tá pensando em ir atrás dele?'.

'Bah. Não sei. Foi tudo muito recente.'

Caíque terminou a vitamina e ficou olhando pro vazio. Eu falei que só precisava de um tempo pra entender o que tinha acontecido.

'Certo', ele disse. 'Que bom que tu me contou.'

Caíque me deu um abraço, e depois que a conversa acabou ele foi pra cozinha e abriu a geladeira, decidindo o que ia fazer de janta. Fui tomar banho, e quando voltei ele estava preparando frango com legumes na manteiga. Perguntei se ele precisava de ajuda e ele disse que não. Liguei a TV na sala e ele disse:

'Eu também queria te falar uma coisa.'

Eu disse, 'Fala', sem pausar o que eu estava assistindo.

'Sexta é feriado. E — eu planejei de viajar.'

'Ah, é? Pra onde?'

'Então. O Eric me chamou pra ir pra serra.'

'Ah', eu disse. 'Ok. Só tu e ele?'

'É.'

Eu estava no sofá, e o Caíque seguia de frente pro fogão. Eu podia ouvir o barulho do frango fritando na panela.

'Tá', eu disse.

'Tá?'

'Tá.'

Caíque finalmente se virou pra mim e disse, 'Beleza'.

27.

A semana passou sem grandes novidades, mas com o mesmo desconforto óbvio entre eu e o Caíque, como se a gente estivesse embaixo d'água e fosse impossível conversar a não ser por bolhas e gemidos no lugar da voz. Na quinta o Caíque se despediu de mim com um abraço e um beijo de língua tímido. Ele jogou a mochila no ombro e saiu pela porta. Eric veio de carro pegar ele.

Decidi que eu ia encher o fim de semana de programas, pra não ficar sozinho. Sabrina foi a primeira a me ajudar nisso. Na semana anterior ela tinha visto a apresentação de um drag king numa festa, e no dia seguinte, no trabalho, me perguntou se eu saberia fazer uma maquiagem de boy nela. Falei que eu podia aprender, e procurei uns tutoriais. Ela chegou na minha casa pouco depois do Caíque ir embora. Fomos pro quarto e eu disse pra ela se sentar de costas pro espelho da penteadeira. Comecei fazendo o contorno do queixo e das têmporas. Tentei mudar o formato do nariz e aumentar as sobrancelhas. Eu tinha pedido pra ela comprar tinta acrílica, e misturei com água, pra dar o efeito de barba por fazer. Peguei umas roupas do Caíque: um boné de aba reta, uma calça de moletom e uma jaqueta, pra esconder os peitos. Sabrina só se olhou no espelho depois que o look estava completo. Ela abriu bastante a boca e disse, 'Parece que eu saí de um filme do Almodóvar'. Sabrina projetou o queixo pra frente e fez um muque com o braço. 'Drag queens sentem isso?', ela perguntou. Eu respondi que sim. Na verdade a Sabrina estava mais engraçada do que bonita. A barba ficou irregular, e eu tinha pesado a mão nas sobrancelhas. Além disso, os traços dela eram muito femininos, o que dificultava criar um drag king convincente. Ela parecia mais uma guria com sujeira no rosto e roupas do namorado — mas ela não pareceu se sentir assim. Depois de se olhar no espelho e desfilar pelo apartamento, ela teve uma ideia. 'E se a gente botasse o meu drag à prova?', ela disse.

Descemos pra rua. Sabrina me deu a mão e a gente caminhou pela calçada da República. Já escurecia, e tinha pouca gente por perto. Sabrina esperava atrair os olhares dos pedestres, mas como ninguém nos deu atenção, ela pôs a mão na minha cintura e começou a me beijar na bochecha quando alguém passava. Depois de dez minutos, apareceu um cara de uns trinta e poucos anos, distraído com o celular. Quando nos viu, ele nos olhou feio e murmurou que a gente era uns 'viadinhos de merda'. Sabrina berrou uns palavrões pro cara, e a gente caminhou rápido na direção contrária. Depois paramos e ela me deu um abraço e disse, 'Brigada. De verdade. Eu amei'. Eu ri e disse, 'Amou o quê? Sofrer homofobia?', e ela me olhou quase ofendida de tão séria e disse, 'O cara me *validou* como um homem barbudo'. A gente voltou pra casa e a Sabrina me perguntou todo tipo de coisa: se eu fazia as minhas próprias roupas, quanto eu ganhava por noite, como era a competição entre as queens, em que lugares eu trabalhava. No fim ela disse que fazer drag era mais difícil do que parecia: era muito trabalho pra pouco reconhecimento. Comentei que ultimamente eu estava travado, repetindo os mesmos números nos shows, sem ideias novas. Ela foi até a janela, olhou a vista e disse, 'Tu podia contar a história que tu me contou'.

'Que história?', eu perguntei.

'Dos teus namorados.'

'Contar numa apresentação?'

'Isso, numa apresentação. As pessoas iam gostar.'

No dia seguinte marquei com a Ângela de ver um filme na Casa de Cultura. A gente tinha passado a conversar mais nos últimos tempos, e eu nunca tinha feito nada com ela fora do trabalho. Aquela era a oportunidade perfeita — mais um jeito de eu não ficar em casa. Antes da gente entrar no cinema a Ângela comprou pipoca e começou a comer. Dentro da sala ela me ofereceu o pacote pela metade dizendo que não aguentava mais. O filme era sobre uma mulher que se cansava do casamento e matava o marido, recomeçando a vida em outro país; mas ela se via mais uma vez numa relação insuportável, e começava a pensar em matar o segundo marido também. Eu virava pro lado pra compartilhar as minhas caretas com a Ângela, mas ela olhava fixo pra tela. Depois que o filme terminou, fomos tomar uma cerveja no restaurante do terraço. Pusemos os casacos e ela sentou de frente pra mim na área aberta do restaurante, um espaço redondo com vista pro rio. Ficamos numa mesa de madeira mais afastada dos outros clientes. Pedimos cerveja e falamos do trabalho, e só no fim da primeira garrafa comentamos sobre o filme.

'Era bom, né?', ela disse. 'Cinema bem-feito, assim. Deu pra ver que a atriz estudou a personagem. Só a história que é meio — fácil.'

'Em que sentido?'

'Pô, a mulher matou o marido. Fica fácil de se identificar com ela. Toda mulher que *tem* ou *teve* marido já pensou em matar ele.'

Por trás das lentes ela parecia bonita e confiante. Tive a impressão de que ela esperava que eu perguntasse se ela era casada ou não, e foi isso que eu fiz.

'Eu morei por oito anos com um guaipeca que só queria que eu trabalhasse pra ele', ela disse, e riu. 'Eu não nasci pra lavar cueca de macho. Não mesmo. A única coisa boa que ele me deu foi a minha filha. Tu tá com quantos anos mesmo?'

'Vinte e três.'

'É, ela tem dezoito. Eu tive ela bem novinha. Ela que nunca ouça isso, mas — não sei se hoje eu teria engravidado. Foi muito trabalho, e eu era uma pirralha. Eu não me sentia adulta. Eu amo minha filha mais que qualquer pessoa no mundo — tirando eu, né. Eu *me* amo mais. Outra cerveja?'

Ângela chamou o garçom e apontou pra garrafa. Então se virou pra mim.

'Me diz uma coisa', ela disse. 'Não por nada, só se tu quiser contar, porque eu não tenho nada a ver com isso, mas — tu tá traindo o teu namorado?' Ela riu. 'É que eu noto o jeito que tu trata os guris que vão na livraria.'

Eu ergui as sobrancelhas.

'Não. Não exatamente. Quer dizer — não.'

Me senti meio ridículo de explicar a história pra Ângela, como se agora aquela relação bizarra com os guris fosse o centro da minha vida, mais importante do que o meu namoro, mais importante do que eu e as minhas coisas. Eu queria poder dizer que eu *me* amava com a mesma convicção da Ângela. O garçom apareceu com a cerveja.

'Eu nasci na década errada mesmo', a Ângela disse. 'Na minha época não tinha essas coisas. Esse desprendimento combina comigo. É tão bom ser *livre*.'

'Nem sei mais se isso *é* ser livre.'

'Pelo menos hoje todo mundo faz o que quer.'

'Só que ninguém sabe bem o que quer.'

Ela apontou pro meu copo e disse pra eu terminar a cerveja, e eu terminei, e ela me serviu mais. Ela sorriu, tirou o cabelo do rosto e tomou um gole.

'Vocês tão certos, Artur. A gente tá sempre mudando. Não faz sentido se acorrentar numa pessoa pelo resto da vida. Tanta gente por aí se torturando porque o amor foi embora. Que que tavam esperando? Não ia ser mais fácil se todo mundo tivesse vários casamentos ao longo da vida?'

Concordei com a cabeça. 'Ia.'

'Vou te falar uma coisa séria, escuta bem', ela disse. 'Na minha idade, todo mundo trai. Todo mundo. Não conheço ninguém que não traia. Todo mundo trai, e quem é traído finge que não sabe. E se não sabe mesmo, suspeita.'

'Ah, não deve ser todo mundo.'

'Então é noventa por cento.' Ela me olhou séria. 'Meu marido me traía a rodo. Até vou te confessar que quando tu falou de namoro aberto eu pensei que *ele* que ia gostar. Pro homem é fácil. A mulher tem que se preocupar com as coisas práticas. Eu tava com um bebê de colo e o meu marido ia em puteiro. Tu consegue acreditar? Mas eu acho que eu também iria se eu fosse homem, sem precisar se preocupar com filho. Bom, por sorte eu me livrei daquele traste. E agora sabe o quê? Tô namorando com um cara casado.'

'Sério?'

'Faz dois anos já.'

'Poxa. Como que cês fazem?'

'Motel. A gente se encontra toda semana.'

'Dois anos é bastante tempo.'

'É. A gente é louco um pelo outro. E o sexo é uma *coisa*. Tu te importa de eu falar?'

'Não, nem um pouco.'

'Um dia tu vai entender. Sexo nos vinte é só uma esfregação. Tu vai chegando nos quarenta e aprendendo o que tu gosta de verdade. Aí sim é libertador. Com o Beto eu gozo umas quatro, cinco vezes. Seis.'

'Sério?'

'Claro.'

'Sempre?'

'Senão eu nem saio de casa.'

Apertei os lábios e concordei com a cabeça. Ela continuou:

'E eu não quero que ele largue a mulher. Aí a mulher vai ser quem — eu? Não, eu não quero essa vida. Quero ir no motel toda semana e gozar.'

'É. Tu tá certa.'

'Tô, né? Eu não me meto em situação que não seja vantajosa. E também não tento controlar se a pessoa gosta de mim, porque não tem como. Não tem como controlar o que os outros sentem.'

O céu estava escuro e sem estrelas, e um vento passava pela minha nuca. Eu estava hipnotizado pela Ângela. Ela sempre tinha se mostrado gentil, mas nunca tão interessante quanto agora. O jeito como ela falava fazia tudo parecer simples. Eu queria ser igual a ela: ter a mesma convicção e a mesma firmeza no olhar.

'É', eu disse. 'Não tem como controlar mesmo.'

Ela piscou pra mim e a gente brindou. Depois trocamos de assunto e ficamos conversando até ficar frio demais. Descemos juntos e cada um tomou uma direção.

Antes da meia-noite abri a porta de casa, acendi as luzes, olhei em volta. As maquiagens estavam espalhadas pela penteadeira, dois copos seguiam na frente da TV, pratos atrapalhavam o espaço no balcão da cozinha. Fui até o quarto e vi a mesa de cabeceira do Caíque, vazia, limpa. Andei pelo apartamento, fui até a janela, fumei um cigarro, deitei no sofá. Era tarde da noite e eu queria falar com alguém — *estar* com alguém.

Me deitei na cama, saquei o celular e, quase sem pensar, abri o aplicativo de pegação. Recriei o meu usuário e procurei fotos na galeria. Falei com vários perfis, até que um cara de vinte e nove anos me chamou pra ir pra casa dele no Menino Deus. No momento em que a possibilidade de encontrar alguém se tornou real, perdi a certeza de que era o que eu queria. Mas o cara insistiu. *Bora*, ele disse. *Morrendo de tesão aqui.*

Fui caminhando. Estava frio o suficiente pra eu não suar. No meio do caminho, mentalizei que eu podia encarar a situação como um encontro, e só isso. Eu ia conhecer um cara e curtir a noite, e isso não tinha nada a ver com o Caíque.

Cheguei no endereço e toquei o interfone. O cara desceu pra abrir o portão e me deu um beijo na bochecha. 'Maicon', ele disse. 'Artur', eu respondi. Ele era bonito: tinha os ombros largos e um piercing na bochecha e uma expressão querida. E ele era bem afeminado, o que me deu um certo alívio; eu não aguentava mais ficar perto de guris tão pouco afeminados. 'Tu veio rápido', ele disse. Tentei pensar numa resposta inteligente e safada, mas nada me ocorreu, e eu disse, 'Aham, vim rapidinho'.

Subimos uns lances de escada e entramos no apartamento dele. Ele me levou pelo corredor até um quarto mal-iluminado com quase nenhuma mobília e me deitou na cama. A gente se beijou, e a minha mente foi direto pro Caíque. Botei a mão na bunda do Maicon e senti que ele estava excitado. Ele passou a mão pela minha calça, mas eu ainda não estava duro. Nos beijamos, e ele gemeu uma vez e depois outra, e eu pensei que aquele era um bom gancho pra eu me excitar. Ou talvez eu pudesse pensar no Caíque pelado, eu pensei, ou no Eric, e imaginei o Caíque comendo o Eric, o que só me desconcentrou ainda mais. Maicon continuava gemendo de leve. De novo ele tentou passar a mão no meu pau, e eu pensei nas putarias que o Caíque me falava. Tentei também acessar imagens de pornô na minha cabeça, uns caras musculosos e grandes, mas também não deu certo. Tirei a calça do Maicon, botei ele de quatro e pus a língua no cu dele enquanto mexia no meu pau. Ainda assim continuei mole.

Me deitei do lado do Maicon e a gente se beijou. 'Tá tudo bem?', ele perguntou. 'Olha', eu disse. 'Preciso te falar uma coisa.' Ele enrugou a testa e disse, 'Se tu não me curtiu, tudo bem'. Eu suspirei. 'Não, não', eu disse. 'Curti, sim, muito. Tu é lindo. É que eu tô meio nervoso.' Então ficou um silêncio, e eu disse, 'Eu terminei um namoro arrecém. Tu é a primeira pessoa com quem eu fico depois'. Menti porque eu não sabia como explicar tudo, e precisei pensar rápido. 'Não fica nervoso', ele disse. 'Eu sei, eu sei', eu disse. 'É que eu achava que só ia transar, que ia ser tranquilo. Aí eu vim aqui e a minha cabeça tá em outro lugar.' Essa parte era verdade. Maicon sorriu. 'Não tem problema', ele disse, e depois de uma pausa, perguntou, 'Como era o teu namoro?'. Soltei a respiração. 'Era bom, superbom. Foi um namoro longo. Só que recentemente o meu namorado se apaixonou por outro cara.' Maicon disse, 'Vixe, que merda'. Eu disse que tudo bem, que essas coisas aconteciam. 'Só que não vou conseguir transar contigo hoje, tá?' eu disse. ' Me desculpa por todo o rolê.' Maicon disse que não tinha problema, e me abraçou com o corpo quente e suado. Nos vestimos e ele me levou até lá embaixo. 'Desculpa de novo', eu disse. 'E brigado pela paciência.' A gente se despediu e eu saí pelo portão.

Fui correndo pra casa, o cigarro queimando até o filtro. O silêncio das ruas fez eu me sentir sozinho mais uma vez, e me bateu uma vontade de chorar. Pensei na Jandira e em como o toque dela tinha feito o choro sair de dentro de mim. Então me peguei imaginando como seria o rosto do meu pai. Era um pensamento esquisito, já que eu nunca tinha conhecido o meu pai, mas foi o suficiente pra que eu lembrasse que já sabia chorar.

28.

Antônio me chamou pra ir até a casa dele no começo da tarde de sábado. Eu tinha dormido até as onze, e depois fiquei repassando o roteiro das performances que eu ia apresentar naquela noite no Workroom. Depois de ler a mensagem, me arrumei e peguei um ônibus que deu voltas intermináveis por bairros com prédios altos e modernos e finalmente me deixou a duas quadras do Antônio.

Ele abriu a porta com um sorriso cansado. A gente foi até a cozinha e ele me ofereceu um copo de suco de laranja, que eu tomei sentado numa cadeira alta, reparando na minha postura e ajeitando as costas. Contei da minha semana sem falar do Caíque, nem do guri da noite anterior, nem da Jandira. Antônio me escutou de pé, encostado na bancada, e depois falou de uma planta que ele tinha matado por esquecer de dar água, uma dessas suculentas impossíveis de matar; ele não conseguia nem se comprometer com uma suculenta. E quando o assunto chegou no fim e parecia que a gente não ia ter mais nada pra comentar a não ser a ida do Caíque e do Eric pra serra, tive o impulso de me levantar e beijar o Antônio: um jeito rápido e certeiro de esquecer todo o resto. A gente se agarrou escorados na bancada, e o Antônio me apertou com força e abaixou a minha bermuda e a minha cueca até a metade da coxa. A gente foi parar no quarto e se deitou na cama.

Aquela era uma experiência familiar pra mim. O edredom gelado e macio encostou na minha nuca, e senti o cheiro do amaciante. Fiquei tranquilo de um jeito inédito naquele fim de semana. Me perguntei se o Antônio também estava tranquilo, se ele também tinha estado tenso nos dias anteriores.

Antônio me deu um beijo e rolou pela cama. Ele abriu a gaveta e pegou um frasco de vidro e se sentou do meu lado.

'Tu já usou?'

Li o rótulo do frasco, escrito em inglês. Pelo que entendi era alguma coisa pra aplicar nas unhas.

'Acetona?'

'Poppers', o Antônio disse, se rindo.

'É aquele troço que os gays cheiram?'

'Inalam.'

'Que que dá?'

'Tesão.'

'E por que diz que é pras unhas?'

Antônio apertou os olhos. 'Acho que — pra enganar as autoridades?'

Ele abriu o vidro, tapou uma narina e inalou com a outra. Fiz a mesma coisa. O líquido tinha cheiro de acetona mesmo, o que me deixou confuso.

'E agora?', eu perguntei.

'Agora me beija', o Antônio respondeu.

Ainda deitado, ele chegou mais perto e meteu a língua cheia de baba na minha boca, do mesmo jeito que o Eric fazia. Antônio quase cuspiu na minha boca, deixando a baba escorrer e me segurando firme. De repente senti: era um beijo bem mais intenso que o normal: mais ardido, mais urgente. Ele me puxou, os peitos e as pernas se encostaram, e a gente respirou forte. Fazia calor, e eu fiquei tonto. Os músculos pesaram, o corpo esquentou. Meu coração bateu mais rápido. Me deu vontade de engolir o Antônio.

'Viu?'

'Porra. Vi.'

A gente inalou de novo, um de cada vez. Antônio cuspiu na mão, me virou de bruços na cama e passou os dedos e depois a língua na minha bunda e na pele entre a bunda e o saco. Eu sentia a língua, a respiração dele, o edredom macio. Eu flutuava num mar de acetona e testosterona, pronto pra mergulhar.

Deitei de costas. Antônio lambeu a minha barriga, e um arrepio passou pelo meu corpo até se transformar num riso — uma cosquinha desesperada. Antônio colou o rosto no meu e me deu um beijo na bochecha e outro no pescoço. Fechei os olhos e senti a boca dele na minha barriga e depois no meu pau. Em poucos minutos a mamada se transformou em começão de cu. Pegamos camisinhas e ficamos inalando o líquido do frasco e trocando de posição: ele deu pra mim, eu dei pra ele.

Não era a primeira vez que eu transava com a percepção alterada. Os cogumelos me deixavam burro e lerdo, como se eu surfasse em câmera lenta. O poppers me botava pra nadar numa correnteza de água quente, quase fervendo. O efeito durava pouco mais de um minuto, e a satisfação era imediata, despreocupada, como se a vida devesse ser sempre assim — mais uma cafungada no frasco de vidro e a gente sentia tudo de novo. Era gritaria e confusão, adrenalina e deboche, a euforia de uma experiência nova — um prazer tão grande que chegava a ser exagerado. Era intenso, era sacana, era vagamente profundo — era o Antônio.

A gente combinou de aguentar o máximo de tempo sem gozar, só fudendo a tarde toda, e conseguimos ficar assim por quatro horas, e depois cansamos, e o Antônio chegou perto de mim e levou a minha mão até o meu pau e disse pra eu gozar olhando nos olhos dele. A porra saiu de mim num jorro, tipo uma lata de refri quando abre, ou uma música que vai da ponte pro refrão — a primeira chuva depois de meses de sol.

Descansamos de olhos fechados e depois tomamos um banho. Fomos pra cozinha, ouvimos Jessie Ware e fizemos uma salada de alface e tomate com uns bifes de filé que o Antônio tinha descongelado. Ligamos na TV aberta e comemos sentados de pernas cruzadas no sofá. Depois de comer o Antônio abaixou o volume e disse:

'Hoje foi bom.'

'Bah', eu disse. 'Acho que foi a melhor de todas as vezes.'

'Mesmo?'

'Mesmo.'

'Será que tu não tá dizendo isso só porque acabou de acontecer?', ele perguntou.

'É, talvez.'

'Foi por causa do poppers?'

'Pode ser. Não lembro a última vez que eu transei por tanto tempo.'

Antônio sorriu e disse, 'Nem eu', e me chamou pra fumar um cigarro no terraço. 'Tu fuma, agora?', eu perguntei. Ele demorou pra assimilar a pergunta e então respondeu, 'Às vezes me dá vontade'.

A gente vestiu uns moletons e subiu pro terraço. Acendemos os cigarros sentados no deque. Antônio batia as cinzas num cinzeiro pesado de metal.

'Já te contei de quando eu conheci o Eric?', ele perguntou.

'Hm. Acho que não.'

Ele sorriu sem mostrar os dentes.

'Eu fui num acampamento com uns amigos e tinha esse guri que eu não conhecia. A gente conversou o dia inteiro. De noite a gente fez as pessoas trocarem de lugar nas barracas pra gente dormir junto.'

'Isso era o Eric?'

'O Eric, sim. A gente não se desgrudou. Era só sexo e papo o dia todo, uma conexão surreal. Dava vontade de chorar de tesão. Tu já sentiu isso?'

'Já', eu disse. Pensei no Eric que eu tinha conhecido naquela época, tímido e esquisito, e também na minha primeira transa com o Caíque, e lembrei de acrescentar: 'Com o Caíque'.

'Sim', o Antônio disse.

'Sim', eu disse.

'Engraçado, né? Quando tu é criança, tu nem sabe que sexo existe. Tu acha que só existe amor. E no fim o amor é só um sexo bom pra caralho, né. Porque, tá, se o sexo é bom, o resto dá pra ajeitar.'

'Tu acha?'

'Foi assim com a gente.'

'Vocês ajeitaram o resto?'

'É. A gente construiu a parceria *em volta* do sexo.'

'Ah', eu disse. 'Normal também.'

Antônio suspirou.

'Não querendo aumentar a tua bola', ele disse. 'Mas hoje o sexo me fez lembrar um pouco as primeiras vezes com o Eric. *Um pouco.*'

'Bah. Que forte.'

'Faz tempo que o Eric tá meio — *frio.*'

Antônio olhou pros morros no canto da cidade, enrugando a testa e tragando fumaça. Reparei que ele já sabia tragar. Ele apagou o cigarro antes do fim e acendeu outro.

'O Eric tava num momento ruim naquela época. A gente voltou pra Porto Alegre e eu entendi que no acampamento ele tava tentando fugir dos problemas. Pelo menos por uns dias. Ele recém tinha perdido a namorada dele de adolescência. Ela morreu num acidente de carro.'

'Ah', eu disse.

'E ele demorou pra se soltar. Depois que ela morreu, ele não queria se envolver com ninguém — até ele me conhecer. Ele saiu com uns caras, pelo que eu sei, mas ninguém tão interessante. Nem tão gostoso.' Antônio riu.

Pensei na cueca com estampa de sanduíche do Eric, e nos domingos de preguiça, e em como ele tinha desaparecido de uma hora pra outra pra aparecer depois com um namorado loiro nas redes sociais. Senti o meu orgulho ferido por ser um segredo do Eric, o mesmo Eric que agora devia estar com o pau dentro do meu namorado, o mesmo Eric que o Antônio ostentava como único e verdadeiro amor. Segurei a coxa com as juntas dos dedos.

'Sim, eu lembro', eu disse.

Antônio olhou pra mim e processou a informação e disse, 'Ele já te contou isso?'.

'O quê?'

'Dessa namorada.'

Dei uma tragada curta. 'Já.'

'Quê? Quando?'

'Foi — faz um tempo.'

Antônio se virou pra mim. 'Um tempo?'

'Acho que eu nunca te falei.'

Ele me olhou fixo e esperou que eu continuasse.

Fiz questão de continuar. Eu disse, 'Eu conheço o Eric desde antes'.

'Desde antes?'

'É.'

'Desde quando?'

'Um pouquinho antes de vocês se conhecerem. Quando ele tava fazendo cursinho.'

Ele virou o rosto pros prédios e respirou rápido e disse, 'Ã?'.

'Acho que ele nunca te contou também.'

'Vocês se conheceram *naquela época*?'

'Isso.'

'*Como?*'

'Num aplicativo.'

Antônio sorriu, sem acreditar. 'Vocês ficaram?'

Um prazer tomou conta do meu corpo. 'Sim.'

Não me parecia um segredo tão importante, mas era uma mentira que o Eric tinha escondido por vários anos, uma quebra na confiança do Antônio. Talvez eu não devesse me meter na vida do casal, eu pensei — mas já fazia meses que era tarde demais pra pensar assim.

'Tá', ele disse, com raiva. 'Me conta.'

Antônio me ouviu em silêncio. Enquanto eu falava sobre os encontros com o Eric, o prazer sádico foi aumentando; eu queria que o Antônio soubesse que eu era mais importante do que ele pensava. Quando terminei, ele continuou em silêncio por um minuto. Então ele disse:

'E tu reapareceu depois de todo esse tempo pra quê?'

'Foi ele quem reapareceu.'

Ele fez uma pausa e disse, 'Tu nem te importa, né?'.

Deixei a respiração escapar pela boca, meio rindo. 'Quê?'

'Tu não tem vontade própria?' Antônio levantou a voz, atirando a bituca do cigarro pela sacada. 'Tu não te deu conta de que tu ia estragar um namoro de anos já?'

'Foi tu que veio atrás de mim, Antônio.'

'Ah, sim. E tu achou que eu só tava querendo mamar rola? Tu achou que eu tava confortável? A minha relação com o Eric ficou tensa nos meses depois que eu descobri de ti, tu tem noção disso? O Eric achava que tava muito *preso*. Ele tava sempre mal--humorado, não queria mais trepar. Eu não sabia mais o que fazer; não tava conseguindo lidar com aquilo. Eu só queria que a gente voltasse a dar certo. E aí eu pensei: tá, se o Eric quer mesmo abrir o namoro, ele que saiba com quem que ele se meteu. Mas eu queria entender por que que foi *contigo* que ele quebrou o acordo. Por isso que eu fui atrás de ti.'

'Ah, sim. Bom, então a culpa é minha?'

'Um pouco, Artur. Caralho, por que que tu é desse jeito?'

'Que jeito?'

'Tu é cínico. Nunca acha que tem nada de errado. Te faz de desentendido.'

'Do que tu tá falando, Antônio? Que culpa eu tenho se o teu namorado mente pra ti?'

Antônio me olhou puto da vida e entrou no apartamento. A gente desceu a escada e ele arrumou as almofadas do sofá e foi pra cozinha. Fui atrás dele e parei no meio da sala. Ele começou a lavar a louça, de costas pra mim. Entendi que era pra eu ir embora.

29.

Em casa tomei banho e me montei com uma roupa de líder de torcida e uma peruca loira com duas chuquinhas. Fui assim pro Workroom.

Mais duas drags iam se apresentar na mesma noite, intercalando comigo. Eu não conhecia as duas pessoalmente, só pelas redes sociais. Elas ficaram conversando e rindo no camarim. Tentaram puxar papo comigo, mas eu não consegui me concentrar muito na conversa.

Chamaram o meu nome e eu dublei uma música da Lia Clark. Bem na minha frente, dois casais de gurias me aplaudiam e gritavam. Uns quinze guris, talvez uma excursão de gays, ocupavam uma mesa no meio do bar. No sofá perto da entrada, uns casais héteros me assistiam como se eu fosse uma atração exótica. Fiz uma apresentação limpa, mas sem muita energia.

Desci do palco decidido a seguir o meu instinto e materializar a ideia da Sabrina, uma ideia que tinha reaparecido na minha mente assim que saí da casa do Antônio. Já tinha passado da hora de eu arriscar. Eu disse pro dono do bar que ia precisar só do microfone na vez seguinte. Ele fez um sinal positivo. Fui pro camarim e tomei uma gim-tônica. Eu sabia mais ou menos o que falar, mas não tinha ensaiado nada. Eu ia deixar as palavras virem.

Chamaram o meu nome de novo mais tarde, e eu subi no palco e dei boa-noite. Perguntei se o público queria escutar uma história, e a resposta foi positiva.

'Vocês sabem que gay gosta de se incomodar, né?', eu disse, e nesse momento vi o Antônio. Ele estava no fundo do bar, sozinho numa poltrona. A presença dele atrapalhava os meus planos, mas eu já tinha prometido uma história.

Perguntei se alguém ali já tinha vivido um relacionamento aberto.

Dois guris da mesa do meio se olharam sorrindo e levantaram as mãos. Uma moça numa mesa alta bem na minha frente apontou a câmera do celular pra mim. O dono do Workroom me olhou com atenção. Antônio também.

Contei que eu namorava fazia anos, e que o meu relacionamento não era exatamente fechado, talvez por culpa minha. Falei do Eric — trocando o nome dele por outro — e sobre como o namorado dele descobriu que a gente estava saindo.

De vez em quando eu olhava pro Antônio. Ele parecia surpreso, e me assistia com os olhos bem abertos e os lábios não totalmente colados. Cada vez que eu olhava pra ele eu tinha mais vontade de seguir com a história. Não demorou pra ele se levantar e ir até o balcão pagar a conta. Nesse momento ele se tornou a única pessoa no bar que não olhava pra mim. A história estava prendendo todo mundo; dava pra ver pelos sorrisos e pelas bocas abertas. Antônio foi embora.

Meu rosto esquentou e o sangue correu quente dentro de mim. Era gostoso ser a Karma e não o Artur. Era gostoso falar e ser ouvido.

Quando eu era pequeno, acontecia a mesma coisa sempre que minha mãe contava uma história. Ela sabia prender a atenção numa mesa de jantar. Ela olhava bem nos olhos das pessoas, uma de cada vez, e demorava em cada frase, segurando a tensão na hora certa, ficando bem séria nos momentos mais absurdos, rindo junto com os outros no fim. Tentei canalizar a minha mãe.

Falei do sítio e dos cogumelos, dos ménages, da maneira como o Caíque tinha se estranhado com o Antônio e se entendido com o Eric, e de como agora eles estavam na serra. Eu ia sentindo tudo de novo enquanto falava, percebendo como tudo parecia inevitável. Mas fui alterando os fatos enquanto contava, exagerando a personalidade de cada um dos guris e aumentando a tensão pra deixar todo mundo ansioso pelo final, quando revelei que um dos guris da história tinha recém saído do bar. As pessoas olharam em volta, tentando lembrar quem estava faltando.

O papo todo durou menos de quinze minutos, e foi a melhor reação que eu vi de um público do Workroom, mais até do que nas performances mais frenéticas. Fui pro camarim, depois fiz outra dublagem e desci do palco pra conversar com as pessoas. Me fizeram várias perguntas, me pagaram drinks, pediram pra tirar fotos comigo. Em casa, tirando a maquiagem, recebi uma mensagem do dono do bar: *Foi muito bom*. Era tarde da noite, e fui dormir logo que pude, exausto.

Acordei perto do meio-dia com a cabeça doendo e a boca seca. Fiz um bochecho e tomei água. Quando peguei o celular, vi muitas notificações. Mensagens do Caíque, da Sabrina, do Raí, e ligações perdidas — eu tinha deixado o celular no silencioso.

Abri a mensagem do Raí. Era um vídeo da minha apresentação na noite anterior. Raí me contou que tinha recebido o vídeo num grupo e que meia Porto Alegre já tinha visto. *Tu virou um hit local, amiga.*

Eu tinha ganhado um número anormal de seguidores.

Um usuário sem foto mandou mensagem dizendo que eu tinha um baita talento. Um piá de Cruz Alta pediu pra fuder comigo. Uma guria disse que a misoginia rasa da minha 'arte' só reforçava estereótipos tóxicos de feminilidade. Outra elogiou a minha maquiagem. Um cara de óculos escuros na foto de perfil garantiu que eu nunca ia ser uma mulher porque Deus me fez homem. Algumas pessoas me disseram que eu era muito engraçada.

Vários perfis comentaram numa foto com os guris que eu tinha postado na minha conta pessoal depois do fim de semana no sítio. Rapidamente descobriram os perfis dos três — independente de eu ter usado nomes falsos pra falar deles no Workroom. Descobri que o Caíque e o Eric tinham fechado as contas pra seguidores novos. E que o Antônio tinha me bloqueado.

Ainda sem sair da cama, reuni coragem pra ligar pro Caíque. Deitei a cabeça no travesseiro. Ele atendeu no quinto toque.

'Gurizinho, eu tava tentando te ligar. Que que foi isso?'

'Não sei.'

'Por que tu fez esse vídeo?'

'Não fui eu.'

'Mas por que tu falou tudo aquilo?'

'Eu briguei com o Antônio ontem. Ou na verdade ele brigou comigo. Aí me veio a ideia de falar. No palco.'

'Tá, e tu chegou a pensar que a gente podia — *não querer* ter a vida exposta desse jeito? Assim, só pra saber, né.'

'Mas eu não imaginei na hora que ia virar um vídeo que ia circular.'

'Bah, Arturzinho, tu rateou. A minha mãe chegou a me perguntar se era verdade isso do vídeo. Meu irmão mostrou pra ela.'

'Tá brincando.'

'Ela perguntou se eu tô mesmo ficando com outro cara além de ti.'

'Porra, gurizão, me desculpa.'

'Pede desculpa pro Eric. Ele que se fudeu mais.'

'Ele tá aí contigo?'

'Eu vim dar uma volta pra atender a tua chamada.'

'Ele tá puto?'

'Ele tá bem chocado. E com medo de que os pais dele também fiquem sabendo.'

'Eu não sei o que eu faço.'

'Pois é, guri. Ah, primeiro deixa a poeira baixar.'

'Tá.'

'Depois pede desculpa.'

'Sim.'

'E no mais, acho que pode ser uma boa oportunidade pra ti.'

'Como assim?'

'Pra tua carreira.'

'Ah. Eu nem consigo pensar nisso agora.'

'Então pensa. Aproveita pra usar as redes. Faz um post.'

'Jura, né. Eu não.'

'Bom. Tô de volta hoje de noite.'

'Tá.'

Desligamos.

Comi um sanduíche de presunto e queijo e saí de casa sem o celular. Andei até a Redenção e me sentei perto do lago. Senti azia, mas não fiz nada a respeito. Quando parecia que tinha passado uma hora, voltei caminhando. Em casa me deitei na cama desarrumada e percorri as notificações. Abri o vídeo e assisti do começo ao fim.

O dono do Workroom sempre me incentivava a inovar. Ele queria que eu desse o meu máximo: esse era o único jeito de conseguir fama, reconhecimento, curtidas. Mas eu nunca tinha imaginado que isso ia acontecer com a exposição da minha vida pessoal. Afinal eu queria que as pessoas conhecessem a Karma, e não eu.

Bebi bastante água e fiquei deitado até de noite. Caíque chegou pelas oito. Ele me viu na cama, só com o abajur aceso, e perguntou se eu estava bem. Eu disse que não acreditava que tinha estragado tudo.

'Calma aí', ele disse. 'Tudo o quê? Tu não tem todo esse poder.'

30.

Minha ansiedade só aumentou nas semanas seguintes. Liguei pro Antônio algumas vezes, mas não tive resposta. Eric respondeu às minhas desculpas dizendo que queria dar um tempo. Meu número de seguidores continuou aumentando, e as mensagens não paravam de chegar.

Caíque percebeu que eu estava tenso com a situação e passou a me mimar com comida; ele não queria que eu me sentisse culpado. Me irritava um pouco que ele fosse tão legal comigo mesmo depois de tudo o que eu tinha falado no show. E o Caíque continuava sem falar sobre o Eric. Eu não sabia o que estava rolando, e cheguei ao ponto de noiar que o silêncio e a querideza do Caíque eram um disfarce pra preparar o terreno pra me largar: a qualquer momento ele anunciaria que estava montando um apartamento com o Eric. Caíque chegava em casa e fazia a janta e me perguntava como iam as coisas, querendo saber das minhas redes sociais.

Ele me convenceu a falar com uma jornalista de Porto Alegre que me chamou pra uma matéria. Falei com ela no telefone por quase uma hora. Ela me perguntou sobre o vídeo e os guris e a minha carreira como drag e o movimento queer. Quando a matéria foi publicada, odiei a maneira como a jornalista me retratou. Não reconheci aquelas respostas como minhas. Durante o nosso papo eu tinha dito que nem tudo o que eu tinha falado no vídeo era verdade, mas a jornalista deixou essa parte de fora.

Raí veio pro nosso apê com duas garrafas de seiscentos pra comemorar a matéria de jornal. Ele contou que tinha cansado do rolo com o vizinho, que não tinha nascido pra namorar — que *nunca* ia namorar. Eu queria conversar mais a fundo com o Raí e entender o que estava por trás daquilo, mas achei que não era o momento, já que o Caíque estava junto. Segurei o meu copo e disse que ele não precisava ser tão radical, mas deixei o assunto morrer.

No dia seguinte o meu tio me ligou. Já fazia meses que a gente não se falava. Algum parente distante tinha mandado pra ele a reportagem do jornal, e ele tinha ficado surpreso de me ver lá. A primeira coisa que ele perguntou foi se tudo o que eu tinha dito no vídeo era verdade; eu disse que mais ou menos. Falamos por uns cinco minutos, e antes de desligar, eu disse:

'Tio, eu tava querendo saber se tu tem o contato do meu pai.'

Escutei o chiado da linha: o tio Kléber em silêncio.

'Tu quer pra quê?'

A resposta não era simples. Eu não sabia exatamente o que eu ia fazer. Eu ainda precisava decidir.

'Tô pensando em falar com ele', eu disse.

'Tem algum motivo?'

'Não. Só falar mesmo.'

Ouvi umas respirações, e então ele disse, 'Eu posso dar um jeito'.

'Brigado, tio.'

'Tá bom. E te cuida, Artur.'

'Tu também', eu disse, e a gente desligou.

* * *

Caíque fez aniversário na semana seguinte. Acordei mais cedo do que ele e preparei o café. Eu tinha comprado um box de clássicos da literatura que estava na lista de desejos dele fazia tempo. Quando viu o presente, ele deixou a xícara de café no balcão, se sentou no sofá e tirou o box do plástico.

'Bah', ele disse. 'Era o que eu queria.'

'Eu sei.'

'Deve ter sido uma facada isso aqui.'

'Eu tenho desconto.'

Caíque sorriu e me agradeceu. Depois saiu pro trabalho. No meio do dia ele mandou mensagem dizendo que tinha esquecido de avisar que a gente ia jantar fora.

Onde, eu perguntei.

Ah, tu vai ver.

De noite a gente foi com um carro de aplicativo até um restaurante que ficava perto da esquina onde aconteciam os protestos de direita. Um atendente de terno abriu uma porta pesada de madeira e nos levou por um corredor coberto de painéis de tecido. Passamos por pessoas com roupas chiques e nos sentamos num canto, numa mesa à meia-luz. Uma garçonete chegou sem fazer barulho e colocou pratos com toalhas de mão úmidas na nossa frente, e então pediu licença e se retirou. A gente não sabia o que fazer com as toalhas, e decidimos procurar na internet. Era pra limpar as mãos.

Abrimos o cardápio, e o Caíque se adiantou:

'É por minha conta.'

'Por quê? O aniversário é teu.'

'E daí? Eu que quis vir.'

'E se a gente dividir um prato?'

'Não precisa. Pede o que tu quiser.'

Eu estava analisando as opções, chocado com os preços e tentando decifrar a pronúncia dos pratos, quando o Caíque disse:

'Deixa eu te contar uma novidade. Meu chefe me tirou pra bruxo dele. Eu recebi uma promoção.'

'*Caíque*', eu disse. 'Que notícia incrível.'

'Agora eu vou ficar responsável por um grupo bem maior de ativos. Se é que tu me entende.'

'Isso é — ok. Incrível.'

'Vou trabalhar mais também. Mas é do jogo.'

'Tu soube hoje?'

'Faz uns dias.'

'Sério? Por que tu não me contou?'

'Ah, tu tava meio atucanado com a matéria do jornal e pá. Deixei pra hoje.'

De repente notei que o Caíque queria que aquela noite fosse especial não só pra ele, mas pra mim também; pra nós. Talvez o que ele quisesse dizer fosse: continuo sendo o teu namorado e te amo mais que qualquer outra pessoa.

'O Eric sabe?', eu perguntei.

'O quê?'

'Que tu foi promovido.'

'Por quê?'

'Ele sabe?'

'Eu comentei com ele, sim.'

Pedimos uns pratos caros e eu fiquei mexendo no celular, tentando disfarçar o meu desgosto. Aproveitei que a gente tinha tocado no assunto e decidi perguntar mais.

'E o Antônio? Tu tem notícias dele?'

'Eu sei que ele e o Eric tão em crise.'

'Ah, é?'

Caíque ajeitou os óculos.

'O Antônio tá isolado no apartamento dele, chorando as pitangas. Não manda mensagem pro Eric faz uma semana. O Eric perguntou várias vezes como ele tá, e nada do bunda-mole responder. Daí o Eric desistiu. E tão sem se falar.'

'E tu acha que a culpa é minha?', eu perguntei, com curiosidade e raiva.

'Não, Artur. A culpa é deles — a culpa não é de ninguém. Não te esquenta com isso. Tu só reforçou um problema que já existia. Quer dizer, reforçou, não. Evidenciou. Enfim.'

Comemos um prato de camarão e pedimos taças de vinho. Chegando em casa, tentei afastar o mau-humor; era aniversário do Caíque, e ele tinha sido promovido, e a gente transou, um pouco no sofá e um pouco na cama, e depois dormimos.

31.

Caíque foi comigo até a rodoviária. Não conversamos, só ficamos de mãos dadas dentro do carro do motorista de aplicativo e continuamos assim até quando as palmas das mãos começaram a suar. Chegamos antes do horário, e eu poderia ter ficado fora do ônibus com o Caíque, entre as pessoas que iam e vinham pelo piso escuro e brilhoso da rodoviária, mas preferi ir logo sentar no meu lugar. Caíque esperou na plataforma e abanou pra mim quando o ônibus partiu. Não tinha ninguém do meu lado, e por isso tirei o tênis e botei os pés em cima do banco. Viajei de fone de ouvido, trocando as músicas compulsivamente. O ar-condicionado estava ligado no máximo, e o sol entrava pela janela e aquecia o estofado azul-marinho dos assentos, reforçando um cheiro doce e pesado que me trazia uma vaga sensação de ânsia de vômito. Perto do destino, o sol se escondeu atrás das nuvens.

Depois de desembarcar, olhei no mapa a distância que eu precisava percorrer. Eu estava perto do centro. Como eu tinha meia hora sobrando, decidi ir ver o mar. Era um dia nublado e de temperatura amena, poucas pessoas no calçadão e quase ninguém na praia. Tirei o tênis e fui em direção à água. Meus pés congelaram.

Esperei o tempo passar, sentado na areia, e voltei pro centro. Caminhei por entre prédios altos, seguindo o mapa, e mandei uma mensagem pro Caíque confirmando que eu já tinha desembarcado no litoral e que estava tudo bem. Enquanto eu andava, pensei em desistir e voltar pra casa.

O bar ficava numa esquina na subida de uma lomba e estava vazio, a não ser por um senhor atrás do balcão, dois clientes barulhentos na penumbra da parte de dentro e um homem quieto na parte de fora, sentado numa mesa de plástico vermelho desbotado — o meu pai. Logo que vi ele percebi que eu saberia que aquele era o meu pai em qualquer lugar em que a gente se encontrasse, mesmo que a gente só passasse rápido um pelo outro na rua. Ele tinha o mesmo corpo magro e as mesmas entradas leves, o nariz triangular e as sobrancelhas grossas, a barba rente que nem a minha. Só mudavam as roupas: uma camisa branca de manga curta, uma bermuda do Inter, um boné de posto de gasolina, chinelo de dedo. Eu vi ele, ele me viu.

'Oi', ele disse, quando eu me aproximei. 'É tu.'

'Sou eu', eu disse. 'Oi.'

Ele se levantou de um jeito brusco, empurrando a mesa com o corpo sem querer, e estendeu a mão pra mim. Apertei a mão dele.

'Tudo bom?', ele disse.

'Tudo.'

'Tu tá grande.'

Concordei com a cabeça.

A gente se sentou e ele perguntou se eu bebia. Eu disse que sim.

'Mas claro, também', ele disse. 'Nessa idade.'

Ele se virou pro senhor atrás do balcão e fez um sinal com as mãos, como se segurasse uma garrafa e servisse o conteúdo num copo. Então olhou pra mim.

'Guri', ele disse. 'Tu tá —' Ele fez uma pausa. 'A cara da tua mãe.'

Mesmo nervoso, me deu uma vontade leve de rir. Eu sabia que a gente ia falar da minha mãe, já que a minha mãe era o único assunto que a gente tinha em comum, mas não imaginei que seria logo de cara, nem que o assunto ia partir dele.

'É.' De novo concordei com a cabeça. 'Sim.'

'Que bom. Ela era muito bonita.'

'Sim.'

O senhor trouxe a garrafa de cerveja e ele agradeceu.

'Desculpa ter feito tu vir, guri. Aqui tá tudo corrido.'

'Não, imagina.'

'Sabe como é que é, né.'

'Sei. Tranquilo. Fui eu que quis te ver.'

'Não, mas. Eu também queria te ver.'

'Sim', eu disse.

Por sorte ele trocou de assunto:

'E tu? Tudo nos conforme lá em Porto Alegre?'

'Sim.'

'O que tu tá fazendo lá? Da vida.'

'Estudando', eu disse.

'É mesmo, é? Estudando o quê?'

'Artes visuais.'

'Que bacana, guri.'

'É.'

'É pra ser artista, é?'

'É, artista. Ou professor.'

'Que show', ele disse, e sorriu. 'O estudo é a melhor coisa que tem.' Os dentes dele eram tortos, um pouco amarelados. 'Eu era um guri estudioso. A vida que foi me estragando. Isso na escola, né. Depois mudou.'

Tomei um gole da cerveja e sorri sem jeito.

'Mas tá dando pra tu te virar?', ele perguntou.

'Tá, sim.'

'Ah, então tá bom.'

Ele olhou pra mim, depois pra vários pontos em volta de mim, e tomou um gole de cerveja. Os carros passavam devagar pela rua, e dava pra ouvir de longe o som do oceano quando a gente fazia silêncio.

'Era tudo diferente', ele disse.

Esperei ele continuar, mas ele não continuou, e eu também não disse nada. Tive certeza de que ele ia falar da minha mãe. Então ele perguntou:

'A tua mãe te contou como que ela me conheceu?'

'Não.'

'Não, é?'

'Não.'

Ele pôs os cotovelos na mesa, virou os olhos pra cima e inspirou.

'Eu tinha o quê, vinte e quatro, vinte e cinco. Peguei um serviço na portaria de um prédio comercial ali no Centro. Tua mãe trabalhava numa loja de pijama, meia.'

'Sério?', eu disse, erguendo as sobrancelhas.

Ele percebeu que eu tinha gostado de saber daquilo e disse:

'Isso. Ela passava por mim toda manhã e toda tarde. Sempre com um cabelo que devia doer a cabeça de tão preso. Sempre séria. E andava de um jeito que todo mundo espichava o olho. Mas só dava bola pra mim. Dos outros ela não queria saber.'

Sorri e logo voltei a ficar sério. Tomei um golão de cerveja.

'Rapaz', ele disse. 'Era legal aquilo. Pena que eu era errado da cabeça. Trabalhador mas errado da cabeça.'

Meu pai tinha uma expressão diferente da minha. Eu sorria pouco, eu achava. Eu tinha, naturalmente, uma cara de cu, até quando só queria fazer uma expressão neutra. Meu pai, mesmo sério, sorria de leve. Ele era bronzeado e tinha algumas rugas, mas não parecia ter o dobro da minha idade. Não parecia que a diferença era tão grande.

'A vida nem sempre é como a gente quer', ele disse. 'Quando tu vê —'

Fiz que sim com a cabeça. Ele tinha razão. A vida era assim mesmo.

Ele respirou pesado e bicou a cerveja que ele mal tinha tomado; o copo seguia cheio.

Ele disse:

'Eu gostava da Karla.' Ele tossiu pra limpar a garganta. 'De verdade mesmo.'

Ele olhou pra mim, tentando captar a minha reação, ou talvez esperando uma resposta. Mas eu só olhei pra ele, escutando o som do mar, agora mais alto. A gente se olhou por uns segundos, até que o meu pai mudou de assunto:

'Tu tá trabalhando também ou só estudando, guri?'

'Eu trabalho numa livraria.'

'Coisa boa, guri. Tu é um guri bom. Puxou a tua mãe. E tem namorada?'

'Não', eu disse.

'Eu também não', ele disse, sério. 'Mas logo aparece.'

'É.'

Meu pai me contou que trabalhava numa borracharia a dez quadras dali. Me apontou também a direção da casa onde ele morava, um pouco mais longe, segundo ele.

'Se tu quiser vir pra praia passar uns dia aí, pode vir. A casa não é de luxo, mas também não é uma porcaria.'

'Sim, a gente pode ver', eu disse, e tentei sorrir. 'Brigado.'

A gente conversou até a cerveja acabar. Pra uma primeira vez, parecia o suficiente. Na hora de me despedir, estendi a mão, e o meu pai me puxou pra uma espécie de abraço, os ombros se tocando, e saiu andando na direção de casa.

Voltei pra praia, dessa vez pra um lugar afastado do centro da cidade, e passei por um caminho estreito na areia. Tirei a camiseta, o blusão, a bermuda e o tênis, e deixei tudo no meio das dunas. A areia estava fria, e o vento me arrepiava. Fui tremendo em direção ao mar, só de cueca. As ondas quebravam altas, cheias de espuma, violentas na medida certa. A água gelou os meus pés, mas não me importei. Uns poucos passos e o mar já dava na minha cintura. Minha respiração acelerou, e continuei avançando até a água bater no peito. Uma tensão se concentrava no meu pescoço e desaparecia. Meus pés cortavam a água, e a barriga se contorcia em espasmos. Me senti sozinho — finalmente sozinho.

O som do mar era alto e imponente, e eu congelava, empurrado em várias direções pelas ondas. Não dava pra ficar só boiando, e eu tive medo de passar a rebentação. Eu precisava me esforçar pra não cair, ou então só deixar a água me levar pra onde ela quisesse. Depois de um tempo esqueci onde eu estava e esqueci as roupas e o resto do dia. Era como se só existisse a água do mar e o gosto de sal. Não existiam os outros lugares e as outras pessoas que viviam ao mesmo tempo que eu e nem as outras praias e nem nada que eu não conhecesse. Eu mergulhava e voltava pra superfície e respirava fundo até encher os pulmões e era atingido por uma onda que me desorientava. Por dentro eu notava a presença de partes do meu corpo que eu nem sabia como se chamavam, vários órgãos internos com pequenas funções, tudo operando bem, sem reclamar. Os músculos quentes contrastavam com o frio da pele, e eu sentia aos poucos o sal puxando a água de dentro do meu corpo, o céu nublado caindo em cima de mim. Devia ter peixes por perto, eu pensei, apesar de não ver nenhum. Devia ter muitos bichos microscópicos com nomes que eu ignorava e muitas coisas acontecendo também: o vento mudando a trajetória da água e o calor mudando a trajetória do vento. Concluí que se eu ficasse ali por tempo suficiente o sal ia tirar toda a água de mim e os meus dedos iam ficar enrugados e a minha cara também; o tempo todo ia passar. Dei uns mergulhos e nadei sem direção e soltei o corpo. Deixei o repuxo me levar e quando me dei conta estava longe da orla, longe das dunas onde estavam as minhas roupas. Não tinha ninguém no mar além de mim. Na praia eu só via alguns corredores; os postos de salva-vidas estavam vazios. Dei umas braçadas pra voltar pra beira e já na areia caminhei pras dunas. Esperei pra ver se o sol me secava, mesmo por trás das nuvens, já sabendo que eu ia me pestear, e logo me vesti. O caminho até a rodoviária foi torturante de tão frio, o que me deu um prazer estranho, tipo fazer uma tatuagem. Eu ainda queria fazer uma tatuagem.

32.

Com a repercussão do vídeo e com a entrevista no jornal, comecei a receber mais convites pra eventos, tanto baladinhas quanto festas privadas. Não ia faltar trabalho nos meses seguintes.

Eu tinha prendido a atenção das pessoas contando uma história. Mas e depois? O que eu ia fazer pra mostrar que eu merecia a atenção de todos mais uma vez?

No café da livraria, passei a ficar longe do celular. Era uma fonte de ansiedade que não me deixava em paz. Mesmo passado o momento mais viral do vídeo, algumas mensagens continuavam a chegar. Quando não tinha clientes por perto, eu gastava o tempo conversando com a Sabrina, com a Ângela. As duas sabiam do vídeo, e eu tive que deixar claro que não queria falar do assunto.

Numa sexta-feira, no horário de almoço, fiz uma pausa na minha abstinência e abri uma mensagem do Caíque (*Mas olha só!!!*) com um link. Um blog conhecido tinha feito uma lista de drag queens brasileiras 'para ficar de olho'. Eu estava na lista, e o link da porra do vídeo vinha junto com o meu nome.

Soltei uma risada. Meu peito se encheu.

Nem fazia sentido. Eu não confeccionava as minhas próprias roupas nem era brilhante em shows de comédia. Minha maquiagem era básica. Eu dublava bem, mas não era melhor do que a maioria das artistas que faziam a mesma coisa que eu.

Desativei as notificações e voltei pro expediente. Só em casa peguei o celular de novo, deitado de barriga pra cima no sofá: mais seguidores, mais curtidas, mensagens novas de pessoas novas. Caíque chegou logo depois.

'*Artur.*'

'Oi.'

Ele tirou o terno e jogou no balcão. Abri espaço e ele se sentou do meu lado.

'Tô muito feliz por ti, gurizinho. Tu tá feliz?'

'Hm — sim.'

'Tu tem noção da sorte que tu tem?'

Pensei um pouco e balancei a cabeça pra dizer que mais ou menos.

'Tu faz o que tu ama', o Caíque disse. 'E agora tu tá dando certo.'

'Tô mesmo?'

'Como que não?'

'Que que eu vou fazer nos shows agora, Caíque? Falar de vocês?'

Ele estalou a língua. 'Isso a gente dá um jeito. Mas olha que baita oportunidade.'

'Oportunidade pra quê?'

'Pra tu fazer sucesso, ué. Pras pessoas verem a tua arte.'

'As pessoas já veem a minha arte.'

'*Para*, guri. Não te mixa, pô. Aproveita o momento. Esse blog é de São Paulo, não é?'

'Acho que sim.'

'Daqui a pouco pinta convite pra tu te apresentar lá, tu já pensou? Quando vê tu nem volta mais pra Porto Alegre.'

'Ah, é, é bem assim que as coisas acontecem.'

'Não é?'

'Tu tá aumentando um pouco a importância dessa lista na tua cabeça.'

'Eu tô só especulando. Tu não iria pra São Paulo?'

'Tu diz morar?'

'É, ué.'

'Não.' Eu dei de ombros. 'Tô bem aqui contigo.'

'Mas eu ia junto, né. Tem um monte de vaga na minha área lá.'

'Mas vem cá — por que tu tá criando todo esse cenário?'

'Eu tô só perguntando', ele disse. 'Tu iria?'

'Tem a tua família aqui, Caíque. Bom, agora tem o meu pai também.'

A janela estava aberta, e o vento fez a nota fiscal do mercadinho voar do balcão. Aquela ideia inflada era típica do Caíque: fazer planos grandes, mirar num futuro grande. Eu não tinha vontade de me mudar, nem achava que aquele seria o meu destino por causa de um post de blog. Mas enquanto a gente conversava, pensei em dizer: e o Eric? Tu vai deixar ele aqui? Pensei em perguntar isso, e a pergunta quase saiu da minha boca. E então acabou saindo mesmo.

Caíque me olhou sério e depois sorriu de leve.

'Não muda de assunto.'

'Vamo falar', eu disse. 'A gente nunca falou.'

'Para, Artur. Eu nem arrumei a minha mochila ainda.' Caíque ia pegar um ônibus pra Igrejinha naquela noite.

'Ainda tem tempo até tu sair.'

'Artur.'

'Eu só quero saber o que tá rolando. Sem pressão. Eu só quero que tu me conte.'

'Entre eu e o Eric?'

'É.'

'Tá tudo certo.'

'Tudo certo como?'

'Tudo certo.'

'Não, tá. Eu preciso que tu me fale mais do que isso.'

'Tá bom.'

Caíque tirou os óculos, se levantou, encheu um copo com água da torneira e se sentou no chão da sala.

'Que que tu quer que eu fale?'

'Tudo. O que tá rolando.'

'Agora?'

'Agora e antes.'

'Agora a gente é amigo, só.'

'É?'

'É.'

'E antes?'

'Antes não.'

'Tá bom. E o que que rolou antes?'

Caíque bufou.

'Ah, um monte de coisa. Onde que é pra eu começar? Antes da gente abrir o namoro? Naquela época tava tudo certinho.'

'Pois é, eu escuto isso bastante. Parece até que eu fui o único que tomou essa decisão.'

Caíque sorriu com ironia.

'Mais ou menos, né. Não, não foi. Eu também tomei. Mas é que no começo eu não entendia. Tu apareceu com aqueles dois playboy, um mais branquelo que o outro — e tu queria que eu me sentisse como, Artur? Porra, já não basta ter nascido numa cidade em que só tem alemão. Não basta Porto Alegre. E ainda tem o meu trabalho, aquele lugar podre, eu lá todo dia forçando o sorriso na frente daquela gente — isso tudo pra poder ter a minha grana, né, a *nossa* grana, pra gente não viver na desgraça. Eu também tô descobrindo o que eu quero pra minha vida, Artur. Não pensa que eu não fico na dúvida se eu tô mesmo no caminho certo. Só que aí tu vem com uns magrão com cara de europeu, encontrinho todo fim de semana. Porra. Que que era pra eu pensar? Eu achei que eu ia ser trocado.'

'Eu não ia te trocar, gurizão.'

'Tu sabia que eu ia ficar mal, né?'

'Eu imaginei.'

'Então por que tu não falou comigo?'

'Eu — não sei. Acho que eu não queria deixar de viver aquilo.'

'Pois é. Mas parecia que tu queria me testar. Porque assim — quando a gente se conheceu, eu logo vi que eu tava fodido. Eu queria ser feliz só contigo. Pensamento de guri idiota, apaixonado, né. Depois tu vê que o dia a dia é diferente da lua de mel. Só que a gente se dá tão bem, Artur. Eu não entendi o que tu queria saindo com aqueles dois. Pra mim era estragar um troço que tava dando certo.'

Caíque me olhou com uma cara cansada.

'Tu tem esse teu jeito sisudo', ele disse. 'É aberto pra falar de qualquer assunto, mas não gosta de se aprofundar em nenhum. Aí eu não sabia que que tu queria de verdade. Eu não quis fazer tu te sentir preso, até pra não te perder, né. Porra, eu nunca te exigi nada. Mas foi difícil pra mim. E eu fiquei inseguro afu quando tu apareceu com esse casal. Achei que tu ia terminar comigo. Cada dia mais eu achava isso. E me dava muita raiva de ti, Artur. Mas eu não conseguia fazer nada. Até que me bateu o teto de que ou eu entrava no jogo, ou eu ia te perder mesmo. De tanto que eu me abri pra te agradar, eu taquei o foda-se. Eu pensei que nem tu: vamo ver no que dá. Vou conhecer esses guri, ver qual é. E eu não gostei do Antônio, óbvio, né, aquele branquelo filhinho de papai. Mas do Eric sim. Eu gostei dele. A gente deu aquele beijinho, ele começou a me mandar mensagem, a gente ia pro futebol — rolou uma química. E ele tava bem a fim de mim. Daí eu pensei: dale, vou mergulhar nisso então. Vou me abrir pra experiência. E, bom. Um pouco eu pensei em te machucar, também. Não machucar, *machucar*. Mas te fazer sentir alguma coisa.'

'Ok', eu disse. 'Eu entendo.'

Escutei, sentado no sofá, o Caíque me contar sobre as noites de futebol. Ele e o Eric começaram a ficar amigos, mas tinha uma tensão sexual que os dois queriam extravasar. Caíque ficou receoso no começo. Ele se sentiu culpado por querer transar com outro cara — até internalizar a ideia de que ele *podia* fazer isso. Então as coisas começaram a mudar.

'Era outra dinâmica', ele disse. 'Uma pessoa nova.'

Entendi o que ele queria dizer. Eric não deixava o Caíque entrar no circuito da dominação, então o Caíque não precisava representar o mesmo papel de sempre. Era uma oportunidade de começar do zero.

'Tu ficou com ciúmes também, não ficou?', ele perguntou.

'É. Vários sentimentos.'

'Eu não achei que tu ia ficar de cara. Nem que tu ia ler as mensagens. Mas tudo ficou estranho entre a gente, né, óbvio. E eu já imaginava que ia ficar. Eu só não tinha coragem de falar contigo. Eu fui deixando acontecer.'

Tudo se complicou quando o Eric propôs um fim de semana na serra. Caíque já tinha notado que o Eric falava muito sobre a necessidade de quebrar a inércia do namoro dele com o Antônio. Naqueles dias ele trouxe muitas vezes o assunto, contando os últimos episódios desagradáveis do namorado. Caíque queria aproveitar a cabana de madeira, a trilha com cascata, a comida — o sexo também, eu imaginei —, mas o assunto do Antônio sempre voltava. Ficou um clima esquisito, uma tensão que o Caíque não conseguia pôr em palavras, até que o Eric, no sábado de noite, foi buscar alguma coisa no carro e voltou com um pássaro na mão — um pássaro com a asa quebrada. Caíque se assustou. 'Ele me olhou com uma cara, assim, de pena, falou que a gente podia cuidar do bicho e trazer pra Porto Alegre e só soltar depois que já tivesse bem. Ele disse que o passarinho ia ser *nosso*. Bah, primeiro que eu não queria resolver aquele problema. Segundo que eu vi que ele queria dividir a responsabilidade comigo. Eu não sei, o guri não calou a boca sobre o Antônio a porra do fim de semana inteiro e depois ainda veio com aquele bicho na mão como se fosse o nosso filho. Me bateu o teto de que ele queria fugir do Antônio, que ele ia *me usar* pra fugir do Antônio, e que o passarinho era só uma desculpa pra criar um vínculo comigo. Aí eu me caguei. Eu disse pra gente deixar o pássaro no mato mesmo, que ele ia conseguir se virar sozinho. O Eric disse que se o passarinho morresse ia ser culpa minha. E a gente deixou o bicho na entrada do mato. Só que aí um dia depois eu saí da cabana pra te ligar e encontrei o pássaro morto, boiando na piscina da pousada. Eu me senti um lixo. Daí pesquei o passarinho da piscina e devolvi pro mato. Nem contei pro Eric. Mas foi ali que eu entendi. Tava sendo bala. Eu gostei de conhecer ele melhor. Mas é bem diferente do que eu tenho contigo. Eu entendi isso bem forte naquele dia. Entendi por causa do Eric. Mas no fundo eu já sabia: a gente ainda tem muito tempo pela frente, eu e tu. Muita coisa pra conversar.'

Depois que o Caíque foi embora, fiquei um bom tempo olhando a paisagem, os morros no fundo, as antenas, um mar de prédios subindo e descendo lombas. Andei pelo apartamento, inquieto, como se precisasse fazer alguma coisa pra ocupar a mente.

Decidi gravar um tutorial de maquiagem, seguindo o conselho do Caíque de produzir conteúdo pras redes sociais. Sentei de frente pra penteadeira, liguei as luzes e apoiei o celular no espelho. Organizei os produtos que eu ia usar e dei play, falando com a câmera e explicando o efeito que eu queria. Mas não consegui. Já aplicando a base, notei que não tinha como eu me concentrar. A história que o Caíque tinha contado parecia um rio dentro da minha cabeça, fluindo e me levando junto, cada vez mais rápido. Mas fiquei aliviado de saber que ele e o Eric não tinham dado certo juntos.

Saí de casa, andei umas quadras e entrei no estabelecimento de um senhor uruguaio que quase entortou a cara permanentemente quando anunciei que ia pagar no crédito. Voltei pra casa comendo um pastel de carne moída com uva-passa, joguei o papel no lixo, tomei um banho. Me sequei e botei uma cueca preta, camiseta preta, jeans. Perto das nove da noite eu decidi mandar uma mensagem pro Eric. Eu não tinha nenhum objetivo específico a não ser falar com ele. Notei que ele tinha trocado a foto de perfil. Escrevi:

Aê. td bem? faz tempo que a gente não se fala.

Apertei o botão de enviar e fui fumar um cigarro, longe do celular. Acabei fumando um cigarro e meio. Quando voltei o Eric tinha respondido:

O que tu vai fazer hoje?

Eu não tinha planos. Eu mandei, *Nada. o caíque foi pro interior.*

O antonio tá com uns amigos. Nossa ideia era ver um filme. Mas ele decidiu encontrar essa galera. Eu vou ver o filme igual. Tem erva. Topa?

Topo, eu respondi. *Em uns 30 min to aí.*

33.

Eric abriu a porta e disse, 'Faz tempo, hein?', e me deu um beijo na bochecha. Ele me recebeu com o cabelo recém-cortado e um sorriso largo por baixo do bigode. A sala estava em perfeita ordem, e uma corrente de ar passava da janela escancarada pra porta.

'Quer tomar alguma coisa?'

'Pode ser água, que eu vim a pé.'

Eric encheu o meu copo direto na porta da geladeira. Ele apertou um botão e o gelo caiu com estrondo.

'Vamo fumar?', ele disse. 'Tô louco pra fumar.'

'Aham, claro.'

A gente foi até a janela e ficou de frente um pro outro, e senti o corpo dele como uma massa de calor perto de mim. Eric pegou o beque já enrolado de um cinzeiro de vidro na mesa de centro e levou até a boca e acendeu, sem tirar os olhos de mim. Então ele deu uma tragada suave, sem esforço, abrindo a boca e soltando a fumaça com calma, ainda me encarando.

'E aí', ele disse.

Tomei uns goles de água. 'E aí.'

'Tá famoso, hein, Artur?'

'Nah, famoso nada.'

'Como não?'

'Só num nicho.'

'É. Eu também tô, né. Ninguém me chamou pra dar entrevista, mas tô.'

Ele me passou o beque e dei umas tragadas em sequência, passando um pouco da quantidade recomendada, mas sem culpa.

'Tu leu?', eu perguntei.

'Li. Por sorte não tinha muito o que expor de mim no jornal. Tu já tinha dito tudo no vídeo.'

Eu sorri.

'Eric', eu disse, e fiquei sério. 'Me desculpa. Eu fui muito impulsivo. Tava puto no dia e —'

'Tá sereno. Eu surtei quando as pessoas começaram a me seguir, só, e me estressei com o Antônio, também — mas no fim isso até foi bom. Ele começou a questionar umas coisas, e surgiu um monte de mentirinha, e foi discussão atrás de discussão.'

'Porra.'

'Mas não te preocupa. Agora tá tudo transparente.'

'É?'

'A real é que — se tu quer saber, tu foi o primeiro guri na vida com quem eu fiquei, de ficar várias vezes. Aí teve o Antônio — cinco anos com o Antônio. Quando eu comecei a cansar dele, eu fui atrás de alguém que eu já conhecia, né: tu. Mas tu não foi o único cara. Teve uns outros. Acabei quebrando uns combinados.'

'Aham.'

'Eu contei pro Antônio. Mês passado. E ele ficou tão aflito que começou a inventar que ele também aprontava, só pra me machucar. Umas histórias de mamada na orla, tipo nesse nível. Eu não fiquei ofendido. E ele *não gostou* que eu não fiquei ofendido. E aí a briga foi.'

Eu já estava me esforçando pra acompanhar o que ele dizia. Era impressionante que o Eric falasse com tanta clareza depois daquela bomba de maconha.

'Porra', eu disse.

'O namoro tá morto. Essa que é a real. E já faz tempo.'

'Vocês vão terminar?'

'Ã, acho que a gente já tá terminado. Só não teve essa conversa ainda.'

'Bah, Eric.'

'Não, relaxa.'

'Ele tá puto comigo?'

'Sim. Mas comigo também, com o Caíque.'

'Ah.'

'Posso falar do Caíque?'

'Pode.'

'Eu tive umas conversas boas com ele, sabe. Porque — eu nunca tive voz no meu namoro. Eu me sentia assim com o meu pai também. Às vezes parece que eu troquei o meu pai pelo Antônio. E eu comecei a ficar *por aqui* disso. Tu viu, né, o jeito como ele se comporta. Como ele quer controlar tudo. Ir até o fim com tudo. O Caíque não disse nada no sentido de eu *terminar* com o Antônio — pelo contrário, ele torcia pra gente se acertar. Mas ele me fez ver que eu tinha que investir no que fazia sentido pra mim, sabe.'

Eric parou de falar. Percebi que era a minha vez de dizer alguma coisa. Eu disse:

'E o que que faz sentido pra ti?'

'Putear', ele disse. 'Eu preciso putear um pouco.'

Eric parou de falar e me encarou, esperando alguma reação. Eu estava confuso, e não reagi. Eric então sorriu que nem um diabo e se aproximou de mim e respirou perto do meu rosto — e só então me caiu a ficha que ele queria me sodomizar e que a gente não ia ver filme nenhum e que a nossa conversa séria — ainda que curta — não ia terminar tão séria.

A gente se beijou, e eu fiquei surpreso de ver que o beijo do Eric era babado até com a secura da maconha. Ele ficou à vontade, fazendo o que nasceu pra fazer: babar na boca de outro guri. Logo a gente ficou excitado, e o Eric se ajoelhou, abriu o meu zíper, esperou o meu pau endurecer e me chupou — mas logo noiamos com os vizinhos e saímos de perto da janela. A gente foi se beijando pelo corredor até chegar no quarto, e lá dentro a gente se pelou. Eu estava pensando em muitas coisas ao mesmo tempo, e por um momento imaginei o Caíque vendo aquela cena, e senti vergonha de estar ali. Mas logo o pensamento foi embora.

Transamos até a maconha dar uma baixada e o sexo ficar perfeito. O cabelo do Eric, o cheiro de perfume, a pele macia, tudo me excitava — ele não precisaria fazer nada além de estar lá. Eu gozei nas costas dele, ele gozou na minha barriga; botamos as cuecas um do outro e ficamos deitados na cama.

Encostei a cabeça no braço do Eric, e por um momento o meu corpo quis desligar. Fora uma fresta da janela que soprava um vento gelado, a pele do Eric era um convite pro sono, e a meia-luz do quarto também.

Mas ele estava ligado na tomada, falando sem parar. Ele disse que a partir de agora ele seria solteiro e que já imaginava o tanto de liberdade que aquilo ia significar. Daquele dia em diante, não ia ter limites nem compromissos ou constrangimentos. Tudo ia funcionar de acordo com os desejos dele. Mas não era só isso. Além de *fazer* o que quisesse, ele ia *ser* quem quisesse. E quem ele queria ser a partir de agora? Talvez *ele* quisesse ser o dominante, talvez *ele* quisesse levantar a voz. Ele ainda ia ter que descobrir. O importante é que ele ia ter tanta liberdade num futuro próximo — talvez já no dia seguinte — que tinha receio de não saber o que fazer com ela.

Eu tentava me manter desperto, sem decidir se concordava com ele, quando a campainha tocou. A gente trocou olhares, depois ouvimos a chave girando na fechadura. Ouvimos a voz do Antônio:

'Amor?'

Os passos dele ecoaram pela sala. Eric e eu continuamos deitados na cama, eu com a cueca preta dele, ele com a minha cueca vermelha, a cama por sorte ainda arrumada. Os músculos do meu peito ficaram rígidos, e senti suor nas costas.

'Eric?', o Antônio disse.

A sombra do Antônio no corredor ficou mais longa, menos densa, e depois desapareceu dentro do quarto quando ele entrou, olhou pra gente, e por um momento se esforçou pra assimilar o que via. Antônio inspirou fundo, segurou o ar por um instante e soltou pela boca. Piscando os olhos, ele deu um sorriso de raiva e balançou a cabeça.

Fiquei imóvel enquanto o Antônio saía do apartamento com passos pesados, batendo a porta. Decidi que eu precisava ir atrás dele.

34.

'Bah', o Eric disse, com o celular na mão. 'Ele tinha avisado que vinha. Eu que não vi.'

Eu não sabia que horas eram. De um minuto pro outro o meu corpo se reconfigurou pra um estado de alerta. Vesti a calça, encontrei as meias do outro lado da cama e me sentei no chão pra calçar o tênis, tentando enxergar na penumbra. Enfiei a camiseta ao contrário e girei a gola pelo pescoço pra trocar as mangas.

'Onde tu vai?'

'Vou falar com ele', eu disse. 'Tu não?'

Eric encolheu os ombros e soltou uma respiração que era também uma risada.

'Pra quê?'

Juntei as minhas coisas e saí correndo do apartamento, batendo a porta. O elevador estava no térreo. Apertei o botão e esperei. Entrei no elevador e desci os andares batendo o pé no chão.

Antônio não estava no hall. Ele provavelmente já tinha saído com o carro. Apertei o botão pra sair do prédio. O ar da noite estava fresco e o meu corpo seguia quente.

Saquei o celular e liguei pro Antônio.

'Fala.' Ele estava no viva-voz do carro.

'Antônio. Eu queria falar contigo.'

'Falar o quê?' Antes que eu pudesse responder, ele disse, 'Tá, fala'.

'Tu tá de carro? Pode me pegar?'

Ele ficou em silêncio, mas antes que eu repetisse a pergunta, ele disse:

'Me espera na esquina da Vasco.'

Tinha pouca gente na rua. Fui pra esquina e esperei o Antônio chegar. Não demorou e apareceu o carrão branco dele. Entrei no banco do carona e o Antônio seguiu olhando pra frente. Ele segurava o volante com uma força que deixava as juntas dos dedos brancas, e tinha o corpo tenso, os ombros curvados pra frente. Ele parecia pequeno no banco de couro enorme.

'Vamo dar uma volta?', ele disse. 'Não tô a fim de ir pra casa.'

'Vamo.'

'Vou pro Centro então.'

Ele dirigiu em silêncio pela Vasco, e como fiquei em silêncio também, ele disse, 'Tá, e aí? O que tu quer falar?'.

Eu disse que queria pedir desculpas.

'Por hoje?'

'Por tudo. Por essa situação toda.'

Ele não disse nada. Passamos em silêncio pela Salgado Filho e pela Riachuelo. Então ele disse:

'O Eric mente pra mim. Não é a primeira vez que ele me trai. Só é a primeira vez que eu pego ele.'

Eu suspirei. Antônio disse:

'Ele não quer mais, eu sei. E eu quero.'

Deixei passar um tempo e perguntei, 'Tem certeza que tu quer?'.

Paramos num cruzamento e o Antônio se virou pra mim. Ele pensou no que ia falar, e então disse:

'Eu não sou tão ruim quanto tu pintou lá no Workroom, sabia, Artur?'

'Sim. Eu sei.'

Ele voltou a olhar pra frente e seguiu adiante quando o semáforo abriu e disse:

'Eu vou ficar com ele. A gente vai superar isso. Tu vai ver.'

'Eu espero que sim', eu menti.

Pra mim ficava cada vez mais claro que os dois só seguiam juntos porque não sabiam viver de outro jeito, e que assim eles acabavam se machucando. Mas eu não duvidava que eles resolvessem continuar o namoro.

A gente ficou em silêncio por um tempo até que o Antônio disse, 'Vamo parar na praça do aeromóvel, tá?'.

'Vamo', eu disse.

Estacionamos no fim da rua e caminhamos até a praça. Tinha bastante gente — de pé, tomando combo ou cerveja e fumando. Saquei o meu maço. Antônio foi até um carrinho e comprou um latão pra cada um. Lembrei o Antônio que ele estava dirigindo, e ele disse, 'Uma cervejinha é tranquilo'. A gente também comprou espetinho. Tinha salsichão, carne, cebola, tudo com farofa temperada de súper. Sentamos num banco da praça pra comer.

Antônio me pediu um cigarro e a gente fumou juntos. Ele apontou pra um guri de cabelo platinado, bombado de academia, numa roda de pessoas. 'Bem gostosinho', ele disse. Eu concordei e disse, 'Tu não ficaria com ele?', e o Antônio respondeu, 'Não agora'. Eu falei, 'Não mesmo?', e falei pra ele aproveitar. Ele disse que não queria. Eu disse que ok. Mas uns minutos depois, quando o guri se afastou do grupo pra ir comprar cerveja ou mijar, o Antônio foi atrás dele. Esperei no banco da praça. Não demorou e o Antônio voltou sério e disse que não tinha tido coragem de falar com o guri. Ele se sentou do meu lado com os joelhos dobrados junto ao corpo e fez um ninho com os braços, escondendo a cabeça, e ficou assim por uns minutos, e eu não intervim.

A polícia chegou com os cavalos logo depois, e as pessoas debandaram pro cais atrás do Gasômetro. Antônio levantou a cabeça e revelou um rosto inchado, mas fez cara de sério, e sugeriu que a gente acompanhasse as pessoas até o cais. Lá estava ainda mais cheio. Um pessoal tocava samba com tambor e trompete, e as pessoas dançavam em volta. Chamei o Antônio pra dançar. Tomamos mais cerveja e mais pessoas chegaram. A lua iluminava a noite e o rio.

As horas passaram e o Antônio e eu continuamos dançando, porque o samba estava bom. Passamos algumas vezes pelo guri de cabelo platinado, e ele ignorou o Antônio. Antônio não ficou triste, ou, se ficou, disfarçou bem. Talvez ele tenha ficado aliviado. Continuamos no cais por horas, tomando um latão atrás do outro até cansar, até a hora de ir embora. Antônio deixou o carro na rua mesmo, e chamei um carro de aplicativo pra gente. Fomos pra minha casa em silêncio no banco de trás, e nos despedimos com um beijo na bochecha quando o motorista parou na frente do meu prédio. O motorista me deixou e seguiu viagem com o Antônio. Terminamos a noite assim, cada um na sua casa.

35.

No domingo eu acordei cedo, comi manga com iogurte e lavei umas roupas. Como eu estava de banda e sem muito o que fazer, peguei um ônibus até o calçadão de Ipanema, na zona sul. Eu tinha uma foto antiga — a mesma que o Eric tinha curtido quando veio atrás de mim — que a minha mãe tirou quando passei na faculdade: eu posava sorrindo de costas pro rio, perto de dois senhores pescando e de uns galhos secos no chão. Tentei encontrar o mesmo lugar, mas não tinha como saber. Eu não lembrava, aliás, que a praia e a água do rio eram tão sujas. As famílias passeavam no calçadão, um pessoal fumava maconha perto de uma estátua de Oxum, fazia sol, ventava. Sentei na areia e fiquei observando o rio, até que me levantei e fui pôr os pés na água, que de perto não me pareceu tão suja. Depois comprei suco de laranja natural de um ambulante e me sentei num banco pra olhar o sol. Foi bom ficar sozinho, só curtindo um suco de laranja e o sol. Me deu vontade de ligar pro Caíque. 'Gurizão', eu disse, quando ele atendeu. 'Tô com saudade de falar contigo. Que horas tu chega?' Do outro lado da linha dava pra ouvir o motor do intermunicipal, o ar-condicionado forte. Caíque disse que estava quase chegando em Porto Alegre. 'Ah, tá', eu disse. 'Vim aqui pra Ipanema aproveitar o dia. Daqui a pouco vou pra casa, então.' Ele disse que ok, e antes que ele desligasse, eu disse, 'Ô, guri, tu já reparou em como a gente já se conhece há três anos e nunca faltou assunto? A gente se dá bem conversando. Se dá bem no silêncio também. Mas no geral a gente conversa. E é como tu disse. Tem muita coisa pra conversar ainda'. Ele riu, talvez surpreso de eu ter largado aquilo do nada, e disse que concordava e que a gente podia falar melhor quando chegasse em casa. Achei que o que ele quis dizer era que a gente ainda tinha que combinar algumas coisas. E era verdade. Talvez a gente ainda se frustrasse e se machucasse, e então a gente ia ter que aprender uma coisa nova que nos fizesse mudar — e depois a gente ia se frustrar de novo e reajustar tudo. Essa ideia me agradou. 'Tu vai pra casa daqui a pouco, então?', ele perguntou. Eu respondi que sim. Curti um pouco mais o sol, sabendo que eu não precisava me apurar, e de tardezinha subi no coletivo. Me distraí com os sons metálicos do ônibus e as cores das ruas, iluminadas pelos postes de luz. Cheguei na Cidade Baixa meio zonzo e caminhei até em casa. Subi as escadas bem devagar e fiquei feliz de ouvir, do lado de fora do apartamento, que o Caíque estava lá dentro com o fogão aceso, cozinhando alguma coisa pra gente comer, o cheiro de cebola e alho vindo pela fresta da porta. Girei a chave na fechadura, entrei em casa, olhamos um pro outro, trocamos assobios e ele disse, 'Que bom que tu chegou', E então a gente comeu e conversou e depois a gente deitou na cama e tirou um cochilo que se estendeu noite adentro. Só no dia seguinte, quando o Caíque estava se arrumando pro trabalho, eu vi a notificação de uma mensagem que dizia, *Vamo se ver essa semana?* Acordei tonto e nem registrei quem tinha mandado. Deixei pra responder depois e me virei pro lado e dormi um pouco mais.

Pra minha mãe e pro meu pai

ESTA OBRA FOI COMPOSTA EM ELECTRA POR BR75 | RAQUEL SOARES
E IMPRESSA PELA GRÁFICA PAYM EM OFSETE SOBRE PAPEL PÓLEN NATURAL
DA SUZANO S.A. PARA A EDITORA SCHWARCZ EM JULHO DE 2023

A marca FSC® é a garantia de que a madeira utilizada na fabricação do papel deste livro provém de florestas que foram gerenciadas de maneira ambientalmente correta, socialmente justa e economicamente viável, além de outras fontes de origem controlada.